AF458726

LES

PROPHÈTES

PAR

C. JANNE-LAFOSSE.

« Je vais créer une terre nouvelle, dit le Seigneur : on n'y verra point d'enfant qui ne vive que peu de jours, ni de vieillard qui n'accomplisse le temps de sa vie. Et il ne leur arrivera plus de bâtir des maisons pour qu'un autre les habite, ni de planter des vignes, et qu'un autre en mange le fruit. »

(ISAÏE, ch. XLV.)

PARIS

E. DE SOYE ET CIE, IMPRIMEURS

RUE DE SEINE, 36

1850

LES PROPHÈTES.

LES

PROPHÈTES

PAR

C. JANNE-LAFOSSE.

« Je vais créer une terre nouvelle, dit le Seigneur ; on n'y verra point d'enfant qui ne vive que peu de jours, ni de vieillard qui n'accomplisse le temps de sa vie. Et il ne leur arrivera plus de bâtir des maisons pour qu'un autre les habite, ni de planter des vignes, et qu'un autre en mange le fruit. »

(Isaïe, ch. XLV.)

PARIS

LIBRAIRIE DE JULES LAISNÉ

PASSAGE VÉRO-DODAT, 1.

1850

PARIS. — DE SOYE ET Ce, IMPRIMEURS, RUE DE SEINE, 36.

Le but de ce livre est de dissiper la plus funeste et la plus longue erreur qui ait jamais régné parmi les hommes, car elle fut dans tous les temps l'unique cause de la misère du plus grand nombre, et le seul obstacle au bonheur de tous. Avec elle, dans le passé, pas de progrès qui n'ait coûté de larmes ; avec elle, dans le présent, pas de bonheur possible ; avec elle, dans l'avenir, pas d'existence probable.

On peut au reste en juger, la voici :

Le jour même que s'établirent les premières sociétés humaines, elles se dirent que si la masse des peuples était laissée libre de vivre dans le bonheur, et de se reproduire à son gré, il naîtrait bientôt tant d'hommes que la terre ne pourrait plus suffire à leurs besoins.

Et, partant de ce principe, poussées d'ailleurs par l'instinct naturel de leur conservation, toutes se mirent à refouler loin de la liberté et du bonheur le plus qu'elles purent de leurs concitoyens ; et comme la mission de comprimer la nature revenait de droit aux tyrans, la tyrannie fut fondée.

Une fois en possession d'élaguer l'arbre humain, Dieu sait comme les tyrans s'en donnèrent, et quels maux vinrent fondre sur la triste humanité ; l'histoire des nations n'est que le récit d'un long martyre.

II

Mais les tyrans avaient compté sans la nature dont ils ignoraient cette loi : que l'expansion est toujours en raison directe de la compression; de sorte que plus ils abattaient de rameaux au grand arbre des générations, et plus il en repoussait, c'est-à-dire que la compression, destinée par la folie humaine à empêcher les hommes de naître, les rendit innombrables.

Et dès lors commença la misère parmi les nations. Car la nature, laissée à elle-même, ne donne jamais la vie qu'à des êtres dont la nourriture est assurée d'avance, mais aussi ne manque jamais, relativement à nous, de rendre infinis les peuples qu'on veut tuer.

Et de ceci il résulte : que la misère de l'homme n'a d'autre cause que la folie humaine;

Que la misère est le résultat obligé de la tyrannie;

Puisque la tyrannie, instituée pour empêcher des hommes de naître, produit diamétralement tout le contraire, en les rendant infinis, après les avoir étiolés.

Donc, s'imaginer maintenir les populations humaines au niveau des productions de la terre, en refoulant dans la misère une partie de ces populations, sous le prétexte de les empêcher de donner la vie à d'autres pauvres, est la plus insigne des folies et la plus funeste des erreurs, puisque cela produit précisément l'effet opposé.

Appliquez ces réflexions au monde actuel, et surtout à l'Europe, dont la population double aujourd'hui en trente ans, et vous verrez que les jours de la compression ou de l'Europe sont comptés.

C'est ce que ce livre voudrait bien persuader en démontrant, autant qu'il est possible de le faire dans un ouvrage de ce genre :

Que la pensée intime des nations a bien réellement toujours été, et est encore, que l'espèce humaine deviendrait trop nombreuse, et conséquemment périrait bientôt, si l'on ne retirait à la plupart des hommes les moyens de se reproduire en les privant du bonheur et de la liberté.

Que cette pensée n'est qu'une erreur, qu'un préjugé funeste, anti-providentiel, anti-social; l'unique source de toute misère, de toute révolution et de toute absurde résistance à l'esprit de progrès, puisque c'est évidemment la compression exercée contre l'espèce humaine qui la rend trop nombreuse, quand réellement elle l'est.

Et de là résulte, que toutes les fois qu'un pays ne peut nourrir ses habitants, c'est que la nature y est dérangée, par l'effet de l'homme, ainsi qu'il arrive aujourd'hui en Europe, de sorte que l'état normal de l'homme est la liberté sans limites, la liberté des enfants de Dieu, la liberté universelle, l'absence de toute inégalité, le gouvernement de tous par tous.

C'est ce que nous allons essayer d'établir en prose, vu l'importance du sujet, avant de le démontrer en vers,

Et, ceci posé, nous disons :

Depuis que l'homme est sur la terre, il n'a qu'un but, se détruire, qu'une préoccupation, arriver à ce but.

Allez au fond de toutes ses pensées, même les plus sages, de toutes ses lois, même les plus justes, et vous y trouverez, se dissimulant sous mille formes, mais toujours persistante, l'idée de supprimer son semblable pour avoir meilleure place au banquet de la vie.

Il semblerait vraiment que l'homme est méchant, et pourtant il est bon ! on le dirait voué à une éternelle misère, et cependant il ne vient au monde que pour être heureux.

Pourquoi cette anomalie?

C'est que l'homme se croit en conscience forcé d'être méchant, et qu'une fois méchant, il est malheureux ; car le bonheur n'est autre que la vertu.

Or, si l'homme est vraiment malheureux quand il est méchant, et que l'on ne puisse pas dire qu'il veuille être volontairement misérable, il est évident que l'homme n'est jamais méchant que par erreur, c'est-à-dire ne fait jamais de mal à ses semblables que parce qu'il ignore son propre intérêt, lequel est toujours d'être bon.

Ainsi donc, l'homme n'a jamais été et n'est encore méchant que par erreur, et comme nous avons dit quelle était cette erreur, reste à prouver qu'elle a toujours existé et qu'elle existe encore, bien que prodigieusement modifiée, au moins dans ses effets, de ce qu'elle fut dans l'origine, grâce au progrès des temps.

Nous n'insisterons pas sur tous les genres de misères qu'a apportés dans ce monde, le préjugé que l'homme ne peut vivre qu'aux dépens de son semblable, seulement nous dirons que la première calamité qu'il amena fut l'anthropophagie, laquelle se transforma en esclavage, d'où naquit le servage qui a produit le prolétariat, et nous laisserons de côté comme accessoires, les holocaustes humains, l'immolation périodique des esclaves, l'infanticide devenu loi des nations, le massacre de races entières, les guerres religieuses et politiques qui ont si longtemps désolé la terre.

N'en doutez pas; tout ce qui a eu pour effet d'exterminer la malheureuse espèce humaine, depuis l'origine du monde, n'a jamais eu pour cause, ou du moins pour excuses, que le besoin chimérique de délivrer la terre du trop-plein de ses habitants.

Les bornes de cet ouvrage ne nous permettant point de citer toutes les preuves que l'histoire nous offre à l'appui de cette assertion, nous nous contenterons de quelques-unes, après avoir rappelé qu'Aristote, dont le nom fait toujours autorité dans les écoles du pédantisme, demandait qu'il ne fût pas permis à un citoyen d'élever plus de trois enfants, et que ce qui dépasserait ce nombre fût impitoyablement supprimé.

Et l'instituteur d'Alexandre-le-Grand était un philosophe! jugez de l'élève, et du reste.

Mais passons à la première preuve destinée, par nous, à démontrer que l'espèce humaine a toujours cru à la nécessité de diminuer la population, et regardé la misère comme moyen d'arriver à cette diminution.

Le premier exemple sera tiré des temps les plus reculés. C'est Moïse qui parle.

« Cependant il s'éleva dans l'Egypte un roi nouveau à qui Joseph était inconnu, et il dit à son peuple : Vous voyez que le peuple des enfants d'Israël est devenu très-nombreux, et qu'il est plus fort que nous. Opprimez-les donc avec sagesse, de peur qu'ils ne se multiplient encore davantage, et que si nous nous trouvons surpris de quelque guerre, ils ne se joignent à nos ennemis, et qu'après nous avoir vaincus, ils ne sortent de l'Egypte.

Il établit donc des intendants des ouvrages, afin qu'ils accablassent les Hébreux de fardeaux insupportables. Mais plus on les opprimait et plus leur nombre se *multipliait et croissait visiblement.*» (Exode, ch. I.)

Le second exemple sera tiré de l'histoire du passé le plus rapproché de nous. Voici ce qu'on lit dans un recueil intitulé : *Feuillets trouvés à l'île d'Elbe.*

« Le mal qui travaille l'Europe m'est connu, « les classes inférieures sont devenues trop nom- « breuses, les classes supérieures ne se sont point « accrues en proportion. C'est la faute des rois ; « il fallait tirer d'en bas tout ce qui demande à « monter ; c'est ce que je faisais.

« Pour soulager le sol de la France, je jetais « des hommes dans les pays conquis : les peu- « ples trop rassemblés sont turbulents ; il faut les « étendre.

« Pour ce qui touche à la politique des peuples « anciens, quoique féroce, elle mérite d'être étu- « diée. Lorsque le nombre des esclaves alarmait « la cité, ils les faisaient égorger dans un tem- « ple... C'est une action infâme, sans doute; mais « elle faisait connaître qu'ils sentaient la néces- « sité d'émonder l'arbre de temps en temps. Ce « n'est pas seulement par le fer qu'ils dimi- « nuaient les classes souffrantes, c'était en distri- « buant aux pauvres citoyens, après les guerres, « les terres des vaincus.

« J'aurais colonisé la Grèce, et fait des Spar-

« tiates de tous les hommes inutiles et sans bien,
« qui embarrassent l'Europe. Je donnais, par là,
« à l'Europe trois cents ans de plus. »

Ainsi le plus beau génie des temps modernes croyait à la multiplication indéfinie de l'espèce humaine, et ne voyait à ce mal, car s'en serait un, d'autre remède que la guerre. Passons au troisième exemple tiré de l'histoire de nos jours.

Voici le système britannique, dit de Malthus, lequel système est l'évangile de l'économie politique actuelle.

« L'espèce humaine, dit Malthus, étant naturellement portée, ainsi que tout ce qui vit sur la terre, à s'accroître et à se multiplier beaucoup plus rapidement que les substances qui la nourrissent, et cette disposition de l'espèce humaine à devenir trop nombreuse étant évidemment une cause de ruine, plus ou moins prochaine, pour toutes les sociétés, il en résulte que toute société a, non-seulement le droit d'empêcher ce développement, mais le devoir de se débarrasser partout, et n'importe à quel prix, de tout excès de population. »

Il suit de là que celui qui naît dans un monde déjà occupé n'a pas le moindre droit de réclamer une portion quelconque de nourriture, et qu'il est réellement de trop sur la terre.

« Que chacun donc, en ce monde, s'écrie Malthus, réponde de soi et pour soi ; tant pis pour ceux qui sont de trop ici-bas ! On aurait trop à faire si l'on voulait donner du pain à tous ceux qui en manquent; qui sait même s'il en resterait pour les riches? Comme la population tend sans cesse à dépasser les subsistances, la *charité* est une folie, un encouragement à la misère. »

Or, savez-vous, d'après l'auteur de ce système, quels sont les moyens qu'emploie la Providence pour délivrer la terre des hommes qu'elle y fait naître de trop? Les voici : la guerre, la peste, la famine, les maladies, les vices et les crimes de toutes espèces. Ainsi, toutes les calamités qui affligent le monde, n'ont d'autre objet que de le débarrasser des pauvres.

Tel est en abrégé le système de Malthus, ou plutôt du monde entier, depuis qu'il existe.

Etonnez-vous après cela, non pas de la misère humaine, mais qu'il existe encore une espèce humaine.

Il est vrai que la bonté divine est encore plus puissante que la folie de l'homme! Heureusement.

Au demeurant, il est avéré que, depuis les temps les plus anciens jusqu'à nos jours, l'espèce humaine a pensé que le bonheur rendait les hommes tellement féconds, que si on ne privait pas de ce bonheur la majeure partie des peuples, il n'y aurait plus de société possible, tant les hommes multiplieraient. Nous allons voir, en deux mots, comment la compression, destinée à empêcher la reproduction des hommes, a réussi.

Nous nous rappelons que les Hébreux multipliaient d'autant plus qu'on les tourmentait, sachons maintenant que de 1789 à 1815, l'Europe s'est accrue de plus de 60 millions d'hommes, parmi lesquels, 50 millions au moins étaient nés hors mariage; sachons que dans cette période de guerres continuelles, et quelles guerres! la population française s'est augmentée d'un quart, ce ce qu'elle n'a pas fait depuis la paix. Sachons enfin qu'avec le système de Malthus la population de l'Angleterre serait quadruple de ce qu'elle est, c'est-à-dire quatre fois ce qu'est celle de tout le vaste continent désigné sous le nom de nouvel hémisphère, si la famine absolue, la mortalité précoce, et plus encore que tout cela, la plus formidable émigration qui fut jamais, ne venait en éclaicir les rangs.

Puis, nous rappelant que la Russie est proportionnellement plus peuplée que la Chine, l'Autriche que l'Hindoustan, la Livonie que la Palestine, la Tartarie que le Brésil;

Nous souvenant que l'Irlande s'accroît, chaque année, malgré l'émigration, de trois ou quatre cent mille individus, tandis que la Suisse n'augmente pas de 4 mille, et la Hollande de 7 mille;

Nous assurant que la Russie, plus petite que les États-Unis d'Amérique, a trois fois la population de cette splendide République, et que la moitié des habitants de l'Amérique sont nés en Europe;

Disons que la Providence limite réellement les générations humaines par le *Bonheur*.

Or, si cela est vrai, et ce l'est, car ce doit être, c'est le revirement complet du monde moral d'un pôle à l'autre, mais aussi la conservation de ce qui existe.

Qu'on ne s'y trompe pas, le monde multiplié par la misère n'est plus dans son état normal, et sa perte est certaine s'il ne s'empresse de rentrer par la liberté, dans les conditions de la nature, dont les lois, qu'elle crie vainement depuis l'origine des siècles, sont celles-ci :

Le *Bien-être* limite la reproduction de tous les êtres vivants à leurs moyens d'existence;

Le *Luxe*, ou *l'abondance*, diminue cette reproduction, et la *Misère*, ou la *privation*, la rend infinie.

Ce qui veut dire, en d'autres termes, que dans l'ordre de la nature, il ne vient et ne viendra jamais à la vie un seul être qui n'ait les moyens d'être heureux.

Il y a loin de cette vérité à l'absurde régime de compression, de monopole, de privilége, d'illégalité, d'injustice et de misère qui régit encore le monde; mais qu'on le sache bien, l'Europe, et la

France en particulier, ne seront pas seulement républicaines ou russes, mais la Démocratie installera partout le *gouvernement de tous par tous*, ou l'humanité cessera d'être.

Sans doute la terre est encore bien assez grande pour recevoir quelques milliards d'hommes nouveaux, mais elle ne le serait pas longtemps assez pour contenir les malheureux que ne manquerait pas de lui envoyer le régime actuel s'il pouvait durer. En effet, 14 millards d'habitants sont le *nec plus ultrà* que la terre puisse porter, et elle en contient deux. Mais aujourd'hui que de tous les prétendus moyens d'éclaircir la population il ne reste plus guère que la coupe sombre par la misère, et attendu que celle-ci est le plus terrible propagateur qu'il y ait, on peut prévoir qu'avant un siècle l'humanité multipliée trois fois par elle-même, serait arrivée au terme fatal de 14 milliards; et alors ce serait le commencement de la fin.

Nous croyons que l'on peut se rassurer à cet égard, et que le monde ne périra pas faute d'être meilleur, car prouver à l'homme qu'il est de son intérêt d'être libre et bon, c'est rendre, à coup sûr, tous les hommes bons et libres.

Heureux qui pourra réussir à le leur persuader!

LES PROPHÈTES.

CHANT PREMIER.

SOPHONIE[1].

Quand le monde trahi perd jusqu'à l'espérance,
Qui viendra l'éclairer d'un rayon de bonheur?
De la triste Solyme aux vallons de la France,
Qui le consolera?... C'est moi!... dit le Seigneur.

Et soudain une voix amie,
Une céleste voix, dans leur tombe, appela
Des bardes d'Israël la cohorte endormie.
Nous voici, Seigneur Jéhova!
Répondis-je aussitôt, et mon Dieu m'a dit : Va!

Et mes os rassemblés, secouant leur poussière,
Ont de nouveau senti vibrer un cœur ardent;
Et sur mon luth brisé qui revoit la lumière,
C'est Dieu qui va parler aux fils de l'Occident.

[1] Le prophète Sophonie parut sous Josias, roi de Juda, 624 ans, environ, avant l'ère chrétienne. Il reprochait aux Juifs de remplir le temple du Seigneur de mensonge et d'iniquité. On ne sait rien de sa mort. Il est probable qu'il finit comme la plupart des autres prophètes; c'est-à-dire qu'il fut tué.

Pourquoi, belle Lutèce[1],
Ces éternels complots?
Gronderas-tu sans cesse
Plus vaine que les flots?
Quelle est donc ta folie?
Je t'avais embellie
D'un éclat sans pareil.
Veux-tu plus d'abondance?
Parle, et ma Providence
La prescrit au soleil.

Veux-tu plus de rivages
Et de plus vastes mers?
De plus riantes plages
Où vienne l'univers?
Que veux-tu? dis, ma fille;
Orgueil de ta famille,
Veux-tu plus de grandeurs?
Parle, et soudain ton père
A créé, pour te plaire,
De nouvelles splendeurs.

Mais que dis-je? Insensée!
Quels biens n'obtins-tu pas?
Quel fruit de ma pensée
Eut jamais tant d'appas?
Ingrate, les deux mondes
Entassent sur les ondes
Pour toi la myrrhe et l'or;
Et l'immortelle histoire
A buriné ta gloire
De l'Olympe au Thabor!

[1] Lutèce, ancien nom de Paris, est pris ici pour toute la France.

Dans le berceau du monde
Je veillai tes enfants,
Et dès la nuit profonde
On les voit triomphants.
Aussi quel champ funèbre,
Ou quel combat célèbre
Ne connut tes Gaulois ?
Sur quel lointain rivage
Leur généreux courage
Ne grava-t-il tes lois ?

J'ai doré d'harmonie
Et ton ciel et tes jours,
Et doué de génie
Ta lyre et tes amours.
J'aime à vêtir les roses
De tes zéphirs écloses
De charmes enivrants ;
Et le soin qui m'enflamme
Avait rempli ton âme
De l'horreur des tyrans.

Non, tu n'as pas d'excuse
A ton manque de foi,
Et l'univers t'accuse
Justement, comme moi.
Eh quoi ! chère infidèle,
Transfuge de mon aile
Et du plus simple honneur,
Tu rêve un autre maître
Que moi, qui te fis naître
Pour t'unir au bonheur !

Mais volage, prends garde !
Le moment peut venir

Que le bras qui te garde
Se lasse de bénir.
Alors, triste et rentrée
Sous l'antique livrée
De tyrans dissolus,
Ton nom, perdu dans l'ombre,
Ira grossir le nombre
De ceux qui ne sont plus.

Ainsi de mille empires
Ont fini les beaux jours,
Et c'est toi qui soupires
Après de tels amours?
Ah! si tu crains les larmes,
N'attèle plus tes charmes
Au joug d'un corrupteur;
Tu sais trop quel dommage
Cause toujours l'hommage
D'un habile imposteur.

Eh! quel est donc l'atôme
Qui te dispute à moi?
Le néant? le fantôme?...
Mais je te rends ta foi.
Va, cours, et l'œil humide,
Va chercher dans le vide
De ton cœur oppressé,
Une seule parole,
Un mot, qui te console
De ton règne passé!

Pendant ce temps, le monde
Aura la liberté [1]

[1] Non la liberté des sophistes, aussi étroite que leur cœur, mais la liberté des enfants de Dieu. Dans l'ordre de la nature, la liberté n'est

Que j'entends, et je fonde
Sur la Fraternité !
Et quel esprit devine
Ce que ma main divine
A l'homme garde encor ?
Terre, aujourd'hui se lève,
Et ce n'est plus un rêve,
Ton premier âge d'or [1] !

ÉZÉCHIEL [2].

Dites-le donc aux flots, charmez-en les rivages,
Brises de tous les cieux, échos de tous les vents !
Doux zéphirs du matin, sur l'aile des nuages,
Allez en réjouir la terre des vivants !

Dis sa grandeur, nouvelle aurore !
Beaux jours qui n'êtes plus, dites-la comme nous !
Jour à venir, qui viens d'éclore,
C'est ton Dieu qui bénit... A genoux ! à genoux !

Je ne veux plus que l'imposture
Blâme plus longtemps ma bonté

autre chose que le devoir de vivre, afin de connaître et d'aimer Dieu ; dans l'ordre social, c'est le droit de posséder tout le bonheur qu'il est possible d'atteindre en cette vie. Or, qu'est-ce que ce bonheur que l'homme a le devoir de chercher sans cesse, sinon la vertu ? Et qu'est-ce que la vertu, sinon l'amour de Dieu ?... Ainsi, de quelque manière que l'on envisage la liberté, elle se réduit toujours à n'être que le devoir de vivre, c'est-à-dire d'aimer Dieu. Qui donc oserait poser des limites à la liberté ?

[1] A tout prendre, l'âge d'or n'a commencé qu'avec le christianisme. Que béni soit celui qui en fit lever l'aurore, et que son règne arrive !

[2] Ezéchiel était fils d'un sacrificateur. Emmené jeune à Babylone, il commença à y prophétiser, 585 ans avant Jésus-Christ. Ayant repris ses compatriotes de leur idolâtrie, ils le firent mourir d'une mort cruelle.

Des douleurs de l'humanité.
C'est vous qui troublez la nature,
Faux sages, faux savants, vains, cupides docteurs,
Fléau des nations, hypocrites rhéteurs!

Je ne veux plus que l'on m'appelle
Pour me flatter le roi des rois ;
Pas plus que vous ils n'ont de droits
A ma bienveillante tutelle.
Je vous créai divers, mais la diversité
N'est rien moins à mes yeux [1] que l'inégalité!

Je ne veux plus qu'on vous opprime
Sous le prétexte de mes lois,
Rappelez-vous donc, une fois,
Qu'il n'est parmi vous d'autre crime
Que de traiter son frère autrement qu'on voudrait
Soi-même être traité [2]... Tout le reste, ils l'ont fait.

[1] Ne confondez pas l'inégalité avec la diversité. Nous naissons tous différents d'esprit et de forme, mais nous n'en sommes pas moins tous égaux devant Dieu. Nous sommes tous ses enfants au même titre, mais d'aptitudes différentes. Nous sommes les rayons divers d'un même soleil. L'inégalité, c'est la tyrannie des uns envers les autres. Celle-là, c'est la folie humaine qui l'a établie et qui en porte cruellement la peine, car l'inégalité a produit tous les maux qui affligent ce monde, mais c'est la sagesse divine qui a créé la diversité dont elle a fait la base du bonheur.

Relativement à Dieu, l'égalité est l'admissibilité de tous les hommes au bonheur; relativement de l'homme à l'homme, c'est l'abolition de tout ce qui constitue l'ombre d'un monopole. Les dons de la nature ne sont pas des priviléges, mais des devoirs : plus on est grand, plus on doit aux autres.

[2] « Aimez votre prochain comme vous-même, pour l'amour de Dieu. Voilà toute la loi et les prophètes. » (Jésus-Christ, Évangile suivant saint Matthieu, XXII, 34-40; saint Marc, XII, 28, 31, 32, 34.)

Vous l'entendez! *toute* la loi, et non pas l'*abrégé* de la loi, comme feignent de l'entendre certains docteurs qui ne demanderaient pas mieux que de perfectionner, à leur manière, la constitution chrétienne.

Je ne veux plus que la folie
Se laisse dire : O mon seigneur !
Réservez ce titre d'honneur
Au Dieu qui vous donne la vie.
Dans vos chefs, vos élus, vous-même honorez-vous,
Mais ne ployez jamais que pour moi les genoux[1].

Je ne veux plus que la misère
Frappe une moitié des humains ;
Ils sont tous l'œuvre de mes mains,
Et les petits, je les préfère !
Je n'aime que ceux-là... Disparaissez, tyrans ;
Car seuls à l'avenir les bons cœurs seront grands !

Je ne veux plus que l'habitude
Nomme la vie un long tourment,
Ni le travail un châtiment.
Songez donc quelle ingratitude !
Tout est bien, et dans l'ordre, ainsi que je l'ai fait.
La vie est un bonheur, le travail un bienfait.

Non ! tu ne seras plus impunément flétrie,
Éternelle bonté d'où naquit l'univers,
Et qui ne créas les hivers
Que pour donner à l'homme, oublieux et pervers,
Le sentiment de la patrie,
Dont les ombrages saints dureront toujours verts.

[1] « Ne vous faites point appeler maîtres, car vous n'avez qu'un maître, et vous êtes tous frères. » (Jésus-Christ, saint Matthieu, XXIII, 8.)

« Je ne serai point votre Seigneur, » disait Josué aux Israélites qui voulaient le faire roi ; c'est Dieu qui doit l'être.

Pour nous, nous ajouterons : de quelque manière que l'on interprète ces paroles, qui du reste sont fort claires, ce qu'il y a de bien certain, c'est que ce ne fut que par un reste d'idolâtrie ridicule que l'on se permit de donner à la créature, et souvent quelle créature ! le nom du Créateur.

C'est là, c'est là qu'est votre empire!
C'est là que vous attend mon cœur et ma bonté!
C'est là que sans mélange, et pour l'éternité,
Tout ce qui m'entoure respire
La paix et la félicité!
Et cependant la terre, où passe votre vie,
N'en est pas moins, après les cieux,
La demeure la plus fleurie
Qu'aient pu jamais trouver mes yeux,
Et rêver mon âme attendrie.
Pourquoi donc, mes enfants,
En avoir fait l'abîme
Où l'erreur et le crime
Règnent encore triomphants?

Venez donc, venez tous venger ma Providence,
Délicieux printemps et limpides étés!
Rayons de mes soleils qui versez l'abondance,
Nuits d'amour, belle aurore et vallons enchantés!
Levez-vous, lève-toi partout, belle nature!
Témoins de mes bienfaits, venez parler pour eux;
Venez convaincre enfin ce monde qui murmure,
Qu'il échappe à mes lois quand il n'est pas heureux.

Venez aussi, venez, ô sages de la terre,
Mes rares défenseurs, mes uniques soldats!
Martyrs de la raison dont la voix solitaire
N'a jamais, comme moi, trouvé que des ingrats!

Qui commence? j'écoute... Eh quoi! toutes les lyres
Ont faussé leurs accords ou vendu leurs délires!
L'égoïsme infernal leur a flétri le cœur!
Eh! bien qu'un vermisseau soit aujourd'hui mon barde,

Marche donc, je regarde ;
Cigale populaire, entonne un chant vainqueur !

LE BERGER AMOS[1].

Où donc avez-vous vu, faux sages, faux prophètes,
Que la terre à jamais soit vouée aux douleurs ?
Mais la misère humaine ? — Eh ! c'est vous qui la faites,
Parasites maudits qui vivez de ses pleurs[2] !

Où donc avez-vous vu, nullités hypocrites,
Qui vous appelez grands,
Que, par droit de nature ou par droit de mérites,
Vous naissiez nos tyrans ?

Où donc avez-vous vu que Dieu fit l'esclavage,
Et prit soin de bénir
Un enfant de son cœur, un homme à son image,
Exprès pour vous servir ?

Où donc avez-vous vu, suppôts de tyrannie,
Vous d'ailleurs si pervers,
Que sans le châtiment il n'est point d'harmonie
Dans ce bel univers !

Eh ! si vous tenez tant à punir le blasphème,
Les viles passions,

[1] Amos était un simple berger. Ayant osé dire que les chefs d'Israël faisaient festin près de toutes sortes d'autels, assis sur les vêtements que les pauvres leur avaient donnés en gage, et qu'ils avaient bu dans la maison de Dieu le vin de ceux qu'ils avaient condamnés injustement, un certain Amasias, prêtre de Béthel (Jérusalem), le dénonça comme perturbateur du repos public au roi Jéroboam, qui le fit mourir, l'an 785 avant Jésus-Christ.

[2] « La nature seule tirerait de son sein fécond tout ce qu'il faudrait pour un nombre infini d'hommes modérés et laborieux ; mais c'est l'orgueil et la mollesse de certains hommes qui en mettent tant d'autres dans une affreuse pauvreté. » (*Télémaque.*)

Que ne commencez-vous, une fois, par vous-même,
Juges des nations !

Mais que vous n'avez garde, ô maîtres dont ce monde
Se passerait si bien !
Censeurs dont l'indulgence, envers vous si profonde,
Ne sait pardonner rien !

Eh ! d'où vient donc le crime, ô race forcénée,
Race d'iniquité !
Sinon de la misère... Et la misère est née
De votre avidité[1].

Laissez également arriver la richesse
D'un père à tous ses fils ;
Écoutez la nature, et que par vous, sans cesse,
Tous ses vœux soient remplis.

Oui, laissez, laissez Dieu partager cette terre,
Ainsi qu'il l'entendra ;

[1] « Souvenez-vous que la loi radicale et fondamentale est que tout le monde vive, et que chacun soit heureux, s'il se peut. Pourquoi donc vous êtes-vous approprié toutes les richesses de ce monde ? Mauvais gouverneurs ! vous êtes souvent coupables des fautes du pauvre, comme vous êtes cause de ses malheurs. » (Confucius, *Livre d'or.*)

« Le bonheur public rend les avares malheureux, les désastres et les calamités les comblent de joie ; ils souhaitent que le peuple soit accablé d'impôts, afin qu'on soit obligé de prendre leur argent à usure, et que ces infortunés leur vendent leurs champs, leurs meubles, leurs troupeaux pour une somme fort modique.

« Oui, si l'on avait banni du monde l'avarice, les hommes vivraient en paix.

« Mais l'avarice met la discorde entre le père et le fils, elle remplit la terre de voleurs et d'assassins, la mer de pirates, les villes de trouble et de tumulte, les tribunaux de faux témoins, de calomniateurs, de traîtres, de mauvais juges et d'avocats corrompus.

« Si elle n'avait pas mis tant d'inégalité entre les conditions des hommes, la vie ne paraîtrait pas si désagréable par les malheurs qui l'empoisonnent. » (Saint Astère, évêque d'Amasée, *troisième sermon contre l'avarice.*)

Qu'elle soit des vertus le prix et le salaire,
Et tout mal finira.

Mais ne l'adjugez plus, comme un lot de pâtures,
A quelques rares fous
Qui, sous le nom pompeux de pasteurs ou d'augures,
La dévorent pour vous.

Et l'on ne verra plus s'insurger la chaumine,
Ni conspirer les pleurs ;
Car la terre, à jamais, aura de la famine
Oublié les douleurs !

Surtout, d'un Dieu vengeur, effrayez moins ce monde,
Et vous, pensez-y mieux,
Pharisiens cruels, dont le bonheur immonde
Ferait douter des cieux !

Les cieux !... mais qui de vous s'en soucie, ô vipères
Qui vous dites chrétiens !
Eh ! la première loi que reçurent vos pères
Fut de fuir les faux biens !

Est-ce là votre avis ? consciences protées
Dont l'or est le seul Dieu,
Et par qui du Très-Haut les lois sont insultées
A toute heure, en tout lieu.

Jugez !... Pour éviter qu'il fût des misérables,
Il voulut qu'en tout temps
L'homme vécût de peu... vous, de biens innombrables
N'êtes jamais contents.

Qu'êtes-vous donc alors ? Rien !... car du paganisme
Le plus lâche poison

Serait encore, auprès d'un pareil athéïsme,
La suprême raison [1] !

Et vous nous demandez comment vint la misère
Parmi les nations ?
Quand vous seuls, chaque jour, en appelez sur terre
Les malédictions !

Avides de plaisirs, il fallut des esclaves
A votre volupté ;
Envieux du pouvoir, vous mîtes des entraves
A toute liberté !

En vain aux yeux de tous, la sagesse éternelle
N'était-elle qu'amour ;
En vain sa vérité sans ombre brillait-elle
Plus belle que le jour !

Il vous fallut, à vous, par des apprêts funèbres
Inspirer la terreur ;
Il fallut la torture, il fallut les ténèbres
Pour régner par l'erreur !

Non ! ce monde avec vous n'est plus longtemps possible,
Fléaux de la vertu,
Et sa fin ne se lit déjà que trop visible
Dans son œil abattu.

Que voit-on ? Là l'usure, au sein d'une famille
Tombant comme un vautour,
Vient en bannir le père, en corrompre la fille,
Et n'a jamais son tour !

Ici, de malheureux un troupeau solitaire
Pleure sa liberté,

[1] Nier Dieu ne suppose que de la folie, mais nier sa bonté, sa providence, n'a pas de nom.

Et la foule qui passe, insultant leur misère,
Dit : Ils l'ont mérité !

Mérité !... Mais dis-nous, toi qui blâmes ton frère,
Ton cœur est-il bien pur de tout sang innocent ?
Tes profits de larcin ? tes mains... Ah ! téméraire !
Qu'il en est peu sans tache aux yeux du Tout-Puissant !
Traitez-vous, croyez-moi, tous avec indulgence.
Dieu fait-il autrement ? Qui donc est sans péché ?
Remettez, remettez surtout à l'indigence ;
Car la faute du pauvre est un cri de vengeance
Dont jamais l'Eternel ne fut en vain touché [1].

ISAIE [2].

Ah ! voilà de ces maux, ah ! voilà de ces crimes
Que je ne verrai plus ! a crié le Seigneur.
C'en est fait ! je les livre au bras de leurs victimes !
Je le jure par moi ! malheur à tous ! malheur !

Malheur à vous, d'abord, qui joignez terre à terre,
Jusqu'à ce que les champs viennent à vous faillir !
Epris du monde entier, voulez-vous l'engloutir [3] ?
Et croyez-vous que Dieu prit soin de l'embellir
Pour que l'avare seul l'habite solitaire ?
Écoutez !... Tous ces biens, ce faste héréditaire,

[1] « Nos institutions sociales engendrent plus de crimes qu'elles n'en préviennent ; on peut dire même que la société est complice de tous les crimes qu'elle punit. » (M. Moreau Christophe, inspecteur des prisons, en 1838.)

[2] Isaïe, de la famille royale de David, commença à prophétiser immédiatement après la mort du berger Amos, c'est-à-dire vers l'année 785 avant Jésus-Christ ; sa vie ne fut qu'une longue suite de persécutions ; enfin, le roi Manassès, auquel ce grand homme reprochait ses crimes, le fit scier avec une scie de bois, à l'âge de plus de cent ans.

[3] Isaïe, V, 89.

Ces jardins somptueux, à l'ensemble si beau,
Seront avant ce soir plus muets qu'un tombeau !

Oui, oui, malheur à toi ! dont l'âme insatiable
Ajoute maison à maison,
Et qui, dès le matin, vas profaner, à table,
Le bien du pauvre et ta raison !

Coulez, coulez pour lui, vins choisis des montagnes !
Vous ne coulerez pas toujours.
Viens, naïve beauté, du fond de tes campagnes,
Apporter au tyran ta fraîcheur et tes jours !

Vibrez, chantez, harpes et flûte
Redites-lui vos plus doux airs.
Qu'importe à l'oppresseur que le pauvre, en sa hutte,
Redemande sa fille à ses foyers déserts !

Marche[1], Elam ! viens, Rurick ! assiége et mets en poudre
L'empire où tant de maux avaient droit de cité ;
Broyez la ville où j'ai vu moudre
Le peuple, ainsi qu'un grain par la faux récolté.

Redouble alors tes chants, cithare,
Coulez plus doux, vins précieux.
Sirène du Midi, c'est le tour du Barbare ;
Garde-lui plus trompeur le charme de tes yeux !

Là j'ai vu la vertu tremblante
Foulée aux pieds, mise en oubli,
Et la vérité chancelante
Que des juges frappaient de leur sceptre avili !

Et de moi vers le ciel une plainte profonde
Est montée, et j'ai vu mon Dieu verser des pleurs

[1] Isaïe, XXI, 2.

De ce qu'il n'était plus de justice en ce monde [1],
Et que, dans ces jours de malheurs,
Nul n'essayait du peuple à guérir les douleurs.

Mais des rois le juge suprême,
L'avocat du pauvre est Dieu même.
De son trône éternel Jéhovah s'est levé ;
Il entre en jugement... Le voilà formidable !
Répondez, ô tyrans ! qui l'avez abreuvé
D'une amertume inexprimable !

Quoi! c'est vous, magistrats, c'est vous, princes et grands
Qui, chargés de mon peuple, en êtes les tyrans ?
Quoi ! c'est vous qui, comblés de cet honneur insigne
De protéger le pauvre, avez pillé sa vigne ?
Que dis-je ? non contents
D'ôter au malheureux le pain de ses enfants,
On dirait que le feu, plus cruel que l'orage,
A brûlé, jusqu'au sol, son chétif héritage.
Pour défendre sa pudeur,
Pour abriter sa douleur,
Sa femme n'a d'autres voiles
Que nuit et des étoiles ;
Et vers la fin du jour, hier, sur le chemin,
J'ai reconnu ses fils qui me tendaient la main.

Eh bien ! ce n'est pas tout ; non, ce n'est rien encore !
Dans la soif d'acquérir, tyrans, qui vous dévore,
Vous avez pris mon peuple, et, dans le fol espoir
D'en tirer tout le suc, l'avez mis au pressoir.
Ainsi le vigneron fait des fruits de l'automne.
Et, croyant à l'impunité,
Votre audace, que rien n'étonne,

[1] Isaïe, LIX, 14-16 *et suiv.*

A décoré du nom d'ordre et de vérité
L'absence de tout ordre et de toute équité!
Vous avez traité d'infamies
Les soupirs désolés de la terre vers moi,
Et de maximes ennemies
Les vœux de nations qui dans vous n'ont plus foi!

O pharisiens hypocrites!
Grands zélateurs de lois que vous avez écrites
Pour couvrir d'un manteau votre inique trésor!
Une dernière fois je vous le dis encor :
Jusqu'à ce que ma main ait rayé de ce monde
Votre race inféconde,
Vous n'aurez pas un jour de bonheur et de paix
Tant que le bien du pauvre ornera vos palais!

Et vous, rois, qui deviez défendre
Contre les oppresseurs les intérêts de tous,
Quel jour donc ce devoir voulez-vous l'entreprendre?
Retirez-vous!

Arbitres du troupeau, dites-moi, votre glaive
S'essaya-t-il jamais à l'encontre des loups?
Si même... je l'oublie... un autre jour se lève :
Retirez-vous!

En vain, de temps en temps, eûtes-vous pour modèles
Quelqu'un de ces bons rois de me plaire jaloux?
A ces exemples saints quand fûtes-vous fidèles[1]?
Retirez-vous!

[1] Saint Louis envoyait tous les ans des commissaires par son royaume, avec de grandes sommes d'argent, pour réparer les torts que les peuples recevaient de ses officiers. Il estimait que les rois qui mettent des tributs, ou qui en laissent lever sans le consentement des peuples, pèchent, et sont obligés à restitution.

En vain, et trop souvent, mon ministre sur terre,
Le peuple, vous a-t-il frappés de mon courroux!
Vous n'avez pas compris cet avis salutaire...
Retirez-vous !

Quoi! vous ne vîtes pas, aveugles volontaires,
Qu'il n'exista jamais plus grand danger pour tous
Que la perfide cour qui vous tient tributaires?
Retirez-vous!

Pourtant... mais c'en est fait! non porteurs de couronne,
Et voilà seulement pourquoi je vous absous,
Vous n'entendez plus rien, et je vous abandonne;
Retirez-vous !

Et vous, qui les trompiez, avides sibarytes,
Dont la faim sans pudeur, et la soif sans limites,
Eût tari l'univers,
Suivez-les, et soudain commence l'harmonie
Qui doit régner, un jour, dans la sphère infinie
Des mille êtres divers.

Fuyez, fuyez de même, esprits impitoyables,
Qui, toujours prévenus contre les misérables,
Ne saviez que punir!
Et vous qui de mes lois n'êtes plus les oracles,
Mais dont l'ombre eût encore opéré des miracles...
Si vous saviez bénir !

Passe, passe comme eux, politique barbare,
Qu'ont grandi les complots et qui te montre avare
Envers eux de pardon !
Mais toi qui frappe tant la valeur orageuse,
Si l'on allait fouiller dans ton âme fangeuse,
Lâche, qu'y verrait-on?

On y verrait la ruse unie à la bassesse,
Pour les trahir toujours, y méditant sans cesse
Des révolutions !
Et voilà les sauveurs que la folie humaine,
Oubliant que c'est Dieu qui tient l'homme et le mène,
Suppose aux nations !

De l'éternelle et vaste lyre,
L'homme n'est qu'un soupir vivant,
Un frisson qui naît du délire
Et qu'emporte aussitôt le vent !

Ne vous souvient-il plus de ce guerrier superbe [1]
Dont l'orgueil souleva les peuples et les rois ?
Ne l'avez-vous pas vu, proscrit, caché sous l'herbe,
Envier le destin de l'insecte des bois ?

Et pourtant il avait, plus bruyant que la trombe,
Osé dire ces mots aux peuples éperdus :
Que mon bras se retire, et soudain tout succombe !
L'insolent a passé, le monde n'est-il plus ?

O trop fatale erreur et démence infinie !
Un atôme imparfait, un fragile être humain,
Un néant qui ne sait ce qu'il sera demain,
S'imagine peser du poids de son génie
Sur les jours inconnus que Dieu tient dans sa main !

Insensés ! insensés ! sous d'éternels ombrages,
Voulez-vous dans le paix, à l'abri des orages,
Savourer le bonheur ?
Ecoutez, écoutez la voix qui vous exhorte,
Et, mollement bercés par le flot qui vous porte,
Laissez faire au Seigneur !

[1] Nabuchodonosor.

Connaissez-vous plus grand? connaissez-vous plus tendre?
Est-il de ses zéphirs un seul qui fasse entendre
Des mots d'amour si doux?
Est-il dans la nature, est-il sur votre terre,
Un plus vaillant ami que le Dieu du tonnerre
Quand il s'arme pour vous?

Quel jour donc, ô mortels! las d'erreurs surannées,
Ne vous verrai-je plus livrer vos destinées
A d'aveugles humains?
Pour vivre désormais, c'est moi qu'il faut élire;
Car c'est moi seul qui suis et moi seul qui peux lire
Dans l'œuvre de mes mains!

Mortels, la voix du Peuple est la voix de Dieu même!
Je lui cède mes droits; qu'il règne à l'avenir!
Saluez votre Maître! Il a pour diadème
Six mille ans de douleurs et mon doux souvenir!

Libre alors de tyrans, d'obstacles et d'orages,
Que le fleuve du monde en paix coule toujours,
Et l'on ne verra plus, retenus dans leur cours,
Les flots amoncelés déborder les rivages,
Et des commotions auront fini les jours.

SOPHONIE.

Ainsi dit le Seigneur, et sa grâce infinie
Nous montrant les rochers de la Calédonie[1],

[1] Calédonie, l'Écosse, Albion, l'Angleterre, Hibernie, l'Irlande, chacun de ces noms particuliers est quelquefois donné, par les anciens bardes, à tout l'ensemble de la Grande-Bretagne.

A toi, dit-il, fils d'Amathi[1] !
Ce peuple m'offensa... mais il s'est repenti.
Apprends-lui que je l'aime encore,
Et dis-lui, s'il le veut, que de l'Inde au Bosphore,
Je lui ménage un avenir
Qu'aujourd'hui son espoir ne pourrait contenir.

JONAS.

Le Seigneur m'ordonna d'annoncer à Ninive
Que dans quarante jours elle ne serait plus;
Mais la grande cité s'humilia plaintive,
Et mes cris cette fois restèrent superflus.
Ainsi fait le Dieu des tempêtes.
Il avertit longtemps, il diffère toujours;
Et lorsqu'enfin la foudre, éclatant sur nos têtes,
Hésite à retomber et cherche des détours,
C'est encor notre rage
Qui provoque l'orage
Où doit s'anéantir le dernier de nos jours.

Aide-moi donc, bruit du tonnerre,
Que je rappelle à l'Angleterre
Ses crimes, ses forfaits envers l'humanité !
Mais donnez-moi la voix de l'ange ;
Que du dernier asile où fuit la liberté,
Je célèbre aussi la louange[2] !

[1] Jonas, fils d'Amathi, de la ville de Geth-Epher, est, après Samuel, le plus ancien des prophètes d'Israël dont il soit fait mention ici ; on ignore quand et comment il termina sa carrière.

[2] Il a été prévu, il y a plus d'un siècle, qu'il en serait, un jour, de l'empire russe comme de l'empire romain, en ce sens qu'un temps viendrait qu'il n'y aurait plus sur la terre un seul point où pût se réfugier quiconque déplairait à la Russie. Il est de fait, qu'il n'y a plus en Europe que l'Angleterre qui ait ce privilége, et encore cela ne tient-il qu'à l'absence des tories; mais, donnez à ceux-ci le pouvoir!...

Oh ! qu'elle est grande dans l'histoire,
Et grande aux fastes de la gloire,
L'île aux mille vaisseaux, l'île aux braves guerriers !
Qu'elle était belle l'émeraude[1],
Quand, s'élevant des flots couverte de lauriers,
Elle brillait pure de fraude !

Mais, filés par tes mains avares,
Que ces jours purs ont été rares !
Carthage d'Occident, et Rome de la mer !
Que d'ombre au jour qui te décore !
Que de regrets au cœur dont plus d'un songe amer
Trouble tes nuits, et les dévore !

Là, c'est la faim, c'est l'Hibernie,
Vampire affreux, sombre génie,
A tes flancs attaché comme un vautour géant.
Tremble, Albion, car la victime
Pourrait bien, quelque jour, entraîner au néant
L'enfer qui creusa son abîme !

Combien de flots sur tes rivages,
Et de zéphirs sur tes bocages
Depuis que tu naquis, Albion, sont passés ?
Nul ne le sait, or notre maître,
Mais le moment qu'il doit te dire : C'est assez !
N'est que trop facile à connaître.

Or, ce moment qui se prépare
T'arrivera, Reine barbare,
Quand l'inégalité qui souille encor tes lois,
Aura rendus, par la souffrance,

[1] Les bardes appelaient Albion, l'Émeraude des mers.

Plus nombreux et flétris que la feuille des bois,
Tes parias de l'espérance [1].

Fuis! jour cruel... mais il se lève!...
Que dis-je! il est là qui soulève
La pierre du tombeau qui devra t'engloutir!
Oh! réfléchis, Reine superbe,
Car pour chaque affamé de ton peuple martyr,
Tu n'as déjà plus un brin d'herbe!

Écoute, Albion, la nature:
Tel qu'aux feux du Soleil s'épure
L'air vital que le soir a rempli de vapeur;
Telle au grand jour qui vivifie,
Telle au soleil moral, au soleil du bonheur,
L'Humanité se raréfie [2].

Oui! tel qu'aux rayons de l'aurore
Le brouillard des nuits s'évapore,

[1] Un ministre anglais a déclaré qu'un seul district de l'Irlande pourrait fournir des pauvres à toute l'Europe. On pourrait répondre à ce ministre qu'il est trop bon de parler au conditionnel; car l'Angleterre a fait plus que de fournir des pauvres au continent, elle lui a donné, par son exemple, le plus effrayant des paupérismes. La misère n'a d'autre cause, dans la Grande-Bretagne, que l'accumulation systématique de toute la richesse territoriale dans quelques mains, et, dans le reste de l'Europe, que parce que l'on y a voulu stupidement suivre le système anglais. Souvenez-vous qu'en chassant de la terre la masse de la population, vous la refoulez dans la misère, et que la misère rend les populations innombrables.

[2] Plus de vingt millions d'hommes pauvres, de toutes les nations et de toutes les contrées, sont passés, depuis un demi-siècle, aux Etats-Unis d'Amérique. Et ce pays, de tous les pays du monde le plus vaste, le plus riche et le plus libre, n'a pas même aujourd'hui vingt millions d'habitants!

Que sont devenus les vingt millions d'hommes que la misère y avait poussés?

Ils s'y sont évanouis, pour la plupart, dans les splendeurs de la liberté, comme les émanations de la terre disparaissent dans l'éclat d'un beau jour.

Mais persiste profond, où jamais la clarté
Ne fit pénétrer l'Harmonie ;
Ainsi, loin du bonheur, loin de la Liberté,
La brume humaine est infinie [1].

Reine des mers, sois donc prudente,
Veux-tu rester indépendante,
Ou plutôt veux-tu vivre, et vivre tous tes jours ?
Ouvre les yeux à la lumière,
Et fais que de tes fils le plus humble ait toujours
Un humble champ, une chaumière [2] !

MICHÉE.

L'impie avait dit en son cœur :
Ce qu'on appelle la nature,

[1] Pendant que la République américaine, dont la superficie est plus étendue que celle de la Russie d'Europe, avait peine à s'accroître avec le concours du monde entier, de quatre ou cinq millions d'hommes, la Russie, par l'effet de ses propres ressources, ou plutôt de sa propre misère, s'augmentait de cinquante millions.

Autre chose. Des vingt millions de pauvres, émigrés aux Etats-Unis, de 1800 à 1850, quinze, au moins, sortaient de l'Angleterre, et néanmoins, depuis ce temps, la Grande-Bretagne s'est accrue de plus de onze millions d'habitants. Ajoutez à cela l'émigration pour les autres contrées du globe où elle a des colonies ; ajoutez-y encore le typhus et la famine absolue qui désolent sans cesse l'Irlande, et vous pourrez croire à la vérité du calcul, par lequel il est prouvé : que la population anglaise augmente, par les naissances, mille fois plus vite que celle des Etats-Unis d'Amérique.

[2] Voilà toute l'économie de la nature. La richesse, c'est la terre, et la terre c'est la liberté. Toute fortune, basée sur autre chose que la terre, n'est qu'une fiction ; tout travail qui n'a pas pour base l'agriculture, n'est qu'un travail stérile. Partant de cette donnée, plus la possession de la terre est restreinte, et plus, conséquemment, il y a de misère, et par suite de population.

Il n'est pas un seul de nos départements qui ne nous offre cette preuve. La population du seul Finistère augmente plus que celle réunie des cinq départements de l'ancienne Normandie.

Ce que l'on nomme créature,
N'est que le jeu d'un sort moqueur.

Oui le hasard seul nous fait naître
Plante, animal, faible ou géant,
Sur le trône ou dans le néant,
Et l'homme n'a point d'autre maître.

Embarqués sur des flots mouvants
Dont le plus sûr cache un abîme,
Le plus pressé, le vrai sublime,
C'est de s'abandonner aux vents.

C'est de voguer au gré de l'onde,
Et sans remords, ni souvenir,
Rire du bonheur qui se fonde
Sur les brouillards de l'avenir.

C'est de jouir, jouir sans cesse,
N'importe à quel prix, ni comment,
Et dans un seul point seulement
Faire consister la sagesse.

Ce point, c'est de jeter, du bord
Où s'entasse la foule humaine,
Tout ce qui l'encombre trop fort
Ou rend la nacelle trop pleine[1].

[1] « Un homme qui naît dans un monde déjà occcupé, est réellement de trop sur la terre. Au grand banquet de la nature, il n'y a point de couvert mis pour lui.

« Que chacun donc, en ce monde, réponde de soi et pour soi. Tant pis pour ceux qui sont de trop! On aurait trop à faire, si l'on voulait donner du pain à tous ceux qui crient la faim. Comme la population tend sans cesse à dépasser les subsistances, la charité est une folie! »

Ces paroles de Malthus nous semblent résumer parfaitement ce qu'a pensé l'antiquité, ce qu'a pensé le moyen âge, et ce que pense encore, à ce propos, sans oser se le dire, l'espèce humaine de nos jours.

Ainsi, dans l'origine, a dit l'impiété
A la première Humanité ;
Et ceci fut la loi de la Fatalité.

Qu'advint-il ? C'est qu'alors, malgré quelques étoiles
Dont la lueur guidait l'arche du genre humain,
Le vaisseau protecteur, désemparé, sans voiles,
Flotta perdu hors du chemin.

Couvert d'ombres funèbres,
Le monde périssait, quand une sainte voix,
De l'horizon vieilli dissipant les ténèbres,
Vint montrer, s'élevant des sommets d'une croix,
Le soleil radieux de ses nouvelles lois.

L'homme ne flotta plus au gré d'un vain caprice,
L'homme enfin eut un but, sa vie une raison ;
Après ses jours mortels, son âme une maison,
Et le tyran comprit qu'il est une justice.
Aimez-vous ! aimez-vous !
Voilà toute la loi, voilà la loi pour tous.
Ainsi dit le Christ adorable.

Que fit l'impie ? Après un combat mémorable,
Contraint de renoncer au culte déplorable,
Au système vaincu de la Fatalité,
Il greffe avec habileté,
En la rajeunissant, sa vieille iniquité
Sur l'arbre de la Liberté[1].
Il suppose que Dieu veut l'inégalité.

Troublé par le murmure
Qui s'élève après lui,

[1] « Si l'Évangile est le code de la liberté, la croix en est l'arbre. » (Voyez l'*Epître de saint Jacques*, ch. II.)

Il va dans la nature,
Qu'il voudrait bien tromper, mendier un appui.

Dans l'Océan, dit-il, dans les cieux, sur la terre,
Le plus fort fait la loi;
Le faible a toujours tort; nous ignorons pourquoi.
Mais c'est ainsi chez nous : l'un n'est rien, l'autre est roi.
Tout en respectant ce mystère,
Nous croyons un Dieu bon; mais nous avons plus foi
Dans le Dieu juste et sage
Qui des biens d'ici-bas veut l'inégal partage.
Cette loi nous plaît mieux;
Mais nous plût-elle moins qu'il en serait de même;
Car elle est la règle suprême
De tout ce qui s'agite ou rampe sous les cieux.

Quoi qu'on en dise, il saute aux yeux
Que la douleur est l'apanage,
Et la misère l'héritage
Du plus grand nombre des humains.
Le reste, pour jouir des plus heureux destins,
N'a pas même à vouloir; il lui suffit de naître.
Pourquoi, comme le ciel, et par le même maître,
La terre a-t-elle des élus?
Et qu'ont fait ces heureux pour mériter de l'être?
C'est ce qu'on ne dit pas... Si vous en savez plus,
Faites-nous-le connaître.

Ainsi parle l'impiété.
Elle confond la vérité
Avec les vœux de l'imposture.
Contrainte de subir l'éternelle bonté,
Elle l'explique et la torture
Au gré de son avidité.

Rétablissons le texte ; écoute, impiété.
Heureux ceux qui sont doux ! car ils auront la terre ;
Heureux qui voit toujours un frère
Dans chacun des humains ! car il aura le ciel.
Telle est la loi de l'Eternel,
Loi sans détour et sans mystère.
De ce que Dieu là-haut doit faire,
Maîtres des nations, n'ayez aucun souci.
Tout s'y passe dans l'ordre. Est-ce de même ici ?

Eh ! qu'y puis-je ? dit le sophiste,
Le soi-disant chrétien,
Qui, dans le fond, n'est rien
Qu'un déplorable fataliste.
Ne vois-je pas les animaux
Pour vivre, s'attaquer, se poursuivre sans cesse ?
Que sommes-nous de plus, malgré notre sagesse ?
Rien ! rien ! rien ! Nous avons mêmes lois, mêmes maux.

Eh bien ! sous cet aspect, je t'aime mieux, sophisme.
Va, depuis longtemps, je savais
Qu'au fond de l'âme tu n'avais
D'autre religion qu'un affreux athéisme !
Oui, je savais, depuis longtemps,
Que du Tibre au Jourdain, du couchant à l'aurore,
Quel que soit le drapeau que ton astuce arbore
Et tes principes apparents,
Tu n'as, et n'eus jamais, école des tyrans,
D'autre but, d'autre loi suprême,
Que de tromper, quand même,
Pour le mieux dévorer, ce monde des vivants.

Eh ! qui vous dit que la nature
N'avait pas destiné tous les êtres divers,
Non à se dévorer comme une nourriture,

Mais à donner la vie aux morts pour sépulture,
Dans l'intérêt de l'univers?

Du grand conservateur de la terre et des mers
Avez-vous sondé la pensée?
Oubliez-vous, race-insensée,
Que tout ce qu'il créa, ce Dieu de l'avenir,
Le fut pour vivre en paix? L'homme en a souvenir.
Ce temps ne peut-il revenir?
Eh! pourquoi le tenter, Lui, qu'on n'a qu'à bénir?
Oui, pourquoi parmi nous, quand sa bonté ruisselle,
Aller scruter l'abime où tout esprit chancelle?
Pourquoi de la diversité
Avoir fait l'inégalité?
L'usage commun de la terre,
L'égalité des biens, sans nul doute, est chimère[1].
Mais ce qui ne l'est pas, c'est l'affreuse misère!
La misère!... qui n'est pas plus la pauvreté
Ni l'heureuse simplicité,
Que la nuit n'est la douce aurore,
Que le regret n'est le bonheur,
Et le tyran qui nous dévore
Le ministre saint du Seigneur!

O trois fois fortuné! dont l'innocente vie
S'écoule dans l'humilité!
Le chaume est toujours habité,

[1] Le communisme n'a jamais été qu'un moyen de capter la confiance des peuples, et n'a jamais duré que le temps de les asservir. Il n'est pas de tyran qui n'ait promis le partage des terres à ses soldats, et qui n'ait tout gardé. L'égalité des biens est d'ailleurs si peu dans la nature, qu'un peuple, que ne stimulerait plus l'envie d'acquérir et le besoin de travailler, finirait bientôt, comme toutes les aristocraties, faute d'avoir pu se reproduire.

Quant l'hôte en est pieux, par le Dieu de bonté!
Allez! rassurez-vous! jamais la pauvreté,
Sûre d'un tel ami, n'ira porter envie
A l'opulente oisiveté!
Eh! que lui demanderait-elle?
A troquer ses jours purs pour des jours dévorants?
Contre des fleurs d'emprunt sa couronne immortelle?
Et le Seigneur pour les tyrans?...

Vive le Dieu qui fit la terre!
Mais qu'il fut bien plus grand quand dans une chaumière,
Pour nous sauver de la misère,
Il couronna la pauvreté!

Oh! non, ne dites plus que la Diversité
Est l'inégalité!
Car c'est Dieu qui donna la première à ce monde,
Et la fraude ou l'erreur inventa la seconde
Pour absoudre l'avidité!

Quoi qu'il en soit, espèce humaine,
Avant que le temps ne ramène
Beaucoup de ces beaux jours qui ne reviennent plus,
Crois-en l'amour qui te fit naître,
Et que toujours tu méconnus,
Ou la misère ou toi vous aurez cessé d'être[1].

Meure donc à jamais, avec l'iniquité,
Meure la mère

[1] L'Europe n'est pas seulement menacée d'être russe, si elle ne sait être républicaine, mais il est mathématique que sa population doublant aujourd'hui, par la compression, en moins de trente années, elle, l'Europe, finira, y compris la Russie, et avant la fin du siècle, dans la plus terrible des commotions. Il n'est qu'un moyen d'échapper à cette ruine : — la liberté sans limites! l'abolition complète du prolétariat.

De la misère,
L'odieuse inégalité!
Et toi, dis-nous, riant mystère,
Multiforme élément qui, du ciel à la terre,
Remplis l'immensité,
A quoi tu sers, Diversité?

Je suis la sœur de l'Harmonie,
L'électrique lien de la chaîne infinie
Qui vous unit au ciel, et d'éléments divers
Compose ce grand tout qu'on appelle univers.

Le fils est-il l'aïeul? et la feuille frivole
Qui s'abandonne au vent est-elle le zéphir?
Pourquoi, si tendrement, de l'heure qui s'envole
Rêve le souvenir?
C'est moi, Diversité, qui les force à s'unir.

Oui, par moi tout s'anime, et se cherche et s'adore.
L'asphodèle s'abrite au pied du sycomore,
La brise du matin soupire après le jour,
La nuit après l'aurore,
Et nous de ton amour,
Seigneur, pour soupirer encore!

Homme, la même loi qui régit l'univers
Règle ta destinée.
Le ciel aspire l'homme et le soleil les mers.
Autour de ce soleil, par l'amour entraînée,
Votre terre accomplit, plus ou moins fortunée,
Ce chemin d'une année,
Qu'elle reprend sans fin pour revenir toujours,
Après de longs hivers, à de nouveaux beaux jours.

Lumière féconde,
Divine clarté,

Ainsi va le monde,
Va l'Humanité !
Gravitant sans cesse
Autour de ta sagesse,
Poursuivant le bonheur et revenant toujours,
Après de longs soupirs, à de nouveaux beaux jours !

Et tout de même, ainsi, sans que rien le dérange,
Court rapide, emporté d'un même mouvement ;
Nations et climats, radieux firmament,
Tout marche, et dans son cours transforme, quitte ou change,
Pour un autre plus beau, son premier vêtement.

Lutèce reverra ses palmiers, et le Gange
L'aquilon qui venait ranimer ses roseaux ;
Du fond de l'Océan des empires nouveaux
Surgiront, remplaçant, sur la scène du monde,
Des empires tombés qui reprendront l'essor
Vers les gouffres de l'onde,
Et la vivante nuit qui les recèle encor !

Lumière féconde,
Divine clarté,
Ainsi va le monde,
Va l'Humanité !
Gravitant sans cesse
Autour de ta sagesse,
Poursuivant le bonheur, et revenant toujours,
Après de longs hivers, à de nouveaux beaux jours !

Mais votre Humanité compte ses ans par âges,
Ses jours par révolutions,
Et les tyrans des nations
En sont l'hiver et les orages ;

Et toi, Seigneur, toujours
La gloire et les beaux jours !

Oui, le bonheur, c'est toi ! le mal, cette bassesse,
Cet indomptable orgueil et cette avidité
Qui, pauvre au sein de la richesse,
Désirerait encore en ton immensité !

Et l'homme vient se plaindre ! et sa plainte importune
Accuse ta grandeur de sa triste fortune !
Quand tu lui donnas tout, et qu'il ne tient qu'à lui
D'embellir son passage, et qu'il a ton appui !

Mais aussi qu'à jamais l'homme te glorifie,
Qu'il t'adore sans cesse, en toi seul se confie,
N'appelle plus sauveur un débile mortel,
Et te garde ce titre, ô le Père éternel !

Et qu'il ne pense plus, dans son erreur suprême,
Etre son arbitre à lui-même,
Mais sachant qu'il n'est rien qu'un écho de tes cieux,
Il ne dise plus, orgueilleux :
J'ai trouvé le bonheur ! car c'est te faire injure,
Dieu de vérité,
Dieu de la nature,
Que dire nous avons de nous-même enfanté,
Dans ce siècle, la liberté !

La liberté, Dieu saint, naquit avant le monde !
Fille de ta bonté féconde,
Elle était déjà grande avant l'éternité.
Dieu saint, la liberté
C'est toi ! ta majesté
Descendue au niveau de notre humanité !
C'est la flamme éternelle
Dont la clarté fidèle

Éclaire tes élus !
Que la terre rebelle
S'éloigne encore d'elle...
Et la terre n'est plus !...

DANIEL.

Proscrits par l'ordre d'une mère,
Tout en la bénissant s'exhalaient nos soupirs,
Quand le récit lointain de sa douleur amère
Vint, en les ravivant, briser nos souvenirs.

Qu'as-tu fait de ta gloire ! ô reine des batailles ?
Qu'as-tu fait de tes jours, reine de l'avenir ?
Quelle main a d'un crêpe attristé ces murailles
Et ce nom dont l'éclat ne devait pas finir ?

Exilés aux bords de l'Euphrate,
O vous, ses fils, gardez vos pleurs ;
Gardez-les, gardez pour l'ingrate
Et votre amour et vos douleurs !

Qu'as-tu fait de tes fils ? ô reine infortunée !
Quel crime au pied des rois en jeta les débris ?
Quel esprit infernal amena la journée
Où tes derniers Thébains moururent incompris ?

Exilés aux bords de l'Euphrate,
O vous, ses fils, gardez vos pleurs ;
Gardez-les, gardez pour l'ingrate
Et votre amour et vos douleurs !

Oh ! qui repeuplera tes campagnes désertes ?
Qui rendra l'abondance à tes nobles cités ?
L'éclat à tes solennités ?

La paix à tes routes couvertes
De plus de mendiants que tes cieux si vantés,
Dans leurs splendides nuits ne montraient de clartés?

Te voilà, pareille à l'Irlande,
Riches d'innombrables haillons,
Et pourchassant, par millions,
Un peuple affamé qui demande
Son pain parmi les nations !

Et chacun de tes fils, ô trop facile mère !
D'un destin plus prospère
Que nul roi de ce monde, eût pu jouir en paix
Sur ton sein merveilleux qui ne tarit jamais !
Père de l'homme et notre père,
Pardonne-lui ! conseille-nous !...

L'Eternel va parler, peuples, inclinez-vous !
Par dessus tous les vœux, même les plus sincères,
Par dessus toutes les prières,
La voix de l'infini, l'écho de ma splendeur,
Par dessus tout, dit le Seigneur,
Une chose plaît à mon cœur,
C'est l'union entre les frères !

Non ! je ne veux plus habiter
Chez une famille homicide,
Où tout commence ou se décide,
Le glaive en main, sans m'écouter !

Riches de ma tendresse,
Comblés de mes bienfaits,
Un seul besoin vous presse,
C'est de miner sans cesse
Ce que pour vous je fais.

Les trésors des deux mondes
Dans vos mains infécondes
Naguère sont passés,
Et ces trésors immenses
Par vos mille démences
Ont été dispersés[1] !

Pas de rive lointaine,
Pas une île des mers,
Dont ces biens recueillis, au prix de tant de peine,
N'aient semé les déserts !

Pendant ce temps la faim, sous le nom de misère,
Centuplait, dégradés, dans leur triste chaumière,
Les peuples les plus beaux et les plus généreux,
Que mon cœur eût jamais créés pour être heureux!

Et vous me demandez ce qu'il vous reste à faire
Pour éviter la mort qui s'avance à grands pas !
De tout ce qui s'est fait, faites tout le contraire!
Ne vous opprimez plus, et vous ne mourrez pas.

Sur ces horribles citadelles,
Ces cachots infinis qui désolent mes yeux,

[1] Depuis vingt ans, plus de dix-neuf cents millions, qui ne produisent rien, ont été engloutis en Afrique, et c'est ce que l'on a fait de mieux : jugez du reste. Avec la dixième partie des sommes fabuleuses employées depuis un quart de siècle à maintenir en France le prolétariat, le premier homme venu, inspiré par la plus vulgaire raison, eût délivré pour jamais de la misère, non-seulement la France, mais le monde entier; et le plus pauvre des riches équivoques de la France actuelle, serait plus opulent que tous les rois de la terre. Ils n'ont pas compris, ils n'ont jamais su qu'empêcher, ils n'ont jamais su faire, au fleuve du monde comme à la Seine, que de ridicules petits barrages, au lieu d'ouvrir à l'une et à l'autre, comme ils auraient pu le faire, le lit le plus splendide, le plus fécond et le plus majestueux qu'il y ait jamais eu sur la terre.

Élevez la pierre où, fidèles,
Vous viendrez tous jurer, à moi le roi des cieux,
De vous aimer autant que moi tous je vous aime.
Vous cherchez le bonheur, voilà le bien suprême !
Plus de maux, de soupirs,
De soucis dévorants,
D'impossibles désirs,
De regrets, de tyrans !

Plus de terre abreuvée
Des pleurs de mes enfants !
Mais la terre sauvée
Du remords éternel d'avoir vu si longtemps
Commander les méchants !
D'avoir vu si longtemps
La vérité proscrite,
La justice offensée et la vertu maudite !
D'avoir vu si longtemps
Le mensonge et l'erreur encensés, triomphants !

De m'accorder son cœur, l'homme fut laissé libre.
Je ne voulais tenir que de sa volonté
L'hommage qu'il devait à ma divinité.
C'est vous dire, par là, que père je comptai
Que de l'homme souvent quelque infidélité
Viendrait à mon amour, que rien n'eût limité,
Servir de frein et d'équilibre.
Je l'aurais trop aimé s'il avait répondu
A ma tendresse inexprimable !
Heureux qui la comprend ! mais trois fois misérable
Qui la rejette... il est perdu !

Toutefois ma bonté devenant plus comprise,
J'entends, les nobles cœurs devenant plus nombreux ;

Le temps vient d'aplanir pour eux
L'accès de la terre promise.
Là, régnera l'Égalité,
Là, l'aimable Fraternité,
Sous le drapeau de l'Evangile,
Vous donnera le moins fragile
De tous les avant-goûts de mon éternité!
O trop heureuse la famille
Où règne la douce union!
Mais tu ne m'entends plus! oh! tu n'es plus ma fille!
Non! tu n'es plus pour moi la grande nation!

Eh bien! sur d'autres bords j'irai porter mon trône,
Et toi, tu tomberas plus bas que Babylone!
Si bas, divin flambeau,
Qu'un jour le voyageur, pleurant sur ta mémoire,
Cherchera vainement la place où de ta gloire
S'éleva le tombeau!
Et cela, ma fille chérie,
Parce qu'en ta folie
Tu n'as pas vu le jour qu'est venu le Seigneur,
En ralliant tes fils, t'apporter le bonheur!

Exilés aux bords de l'Euphrate,
Ne versez plus sur vous de pleurs!
Gardez-les, gardez pour l'ingrate
Et vos soupirs et vos douleurs!

AGGÉE[1].

Ecoutez, nations, ce que dit le Seigneur :
En créant les humains pour m'aimer, me connaître,

[1] Aggée vivait 520 ans avant l'ère chrétienne. Il ne cessa de prédire aux Juifs que leur avarice et leur servilité les conduirait à leur perte.

N'était-ce pas dire à leur cœur
Que libre, en ma bonté, je ne les faisais naître
Que pour leur donner le bonheur ?

Oui, Mortels, aimer Dieu, c'est posséder Dieu même.
Et que suis-je pour vous, sinon le bien suprême ?
Ainsi donc, me chérir, m'aimer en vérité,
C'est avoir et la paix et la félicité.

Et m'aimer? Qu'est-ce donc? Vous en fis-je un mystère ?
Non ! mon fils, c'est aimer ton semblable, et lui faire
Ainsi que tu voudrais qu'à toi-même il fût fait.
Voilà toute ma loi, ma morale. En effet,
Quel amour auras-tu pour ton père invisible,
Si le compagnon de tes jours
Trouve ton cœur inaccessible ?
Mon fils, la loi du monde est la loi des amours[1] !

Que me veulent-ils donc ces peuples de la terre,
Qui, passés de mon joug sous un joug adultère,
Descendent à grands pas le sentier de la mort ?
L'homme n'est-il pas libre et maître de son sort ?

Ils connaissaient ma loi, que ne l'ont-ils suivie ?
Avec elle ils avaient le bonheur et la vie,
Puisqu'elle impose à tous le devoir d'être heureux !
Ils ne l'ont pas voulu ! que puis-je encor pour eux ?
Pourquoi s'égaraient-ils ? posaient-ils en problème
Ce que j'avais rendu plus brillant que les cieux ?
Refuser le bonheur, c'était me fuir moi-même.
Entre le bien, le mal que n'ont-ils choisi mieux.

[1] C'est ce que l'apôtre saint Jean répéta toute sa vie à ses disciples. « Mes petits enfants, leur disait-il, aimez-vous bien, aimez-vous sans cesse ! car, si vous ne vous aimez pas, vous qui vous voyez tous les jours, comment pourrez-vous aimer Dieu que vous n'avez jamais vu ? »

Et quel est donc ce mal ? Entendrai-je sans cesse
Dire que le bonheur, ce don de ma sagesse,
N'est qu'une exception dans ce monde pervers ?
Eh ! quand l'homme naquit, ainsi que toutes choses,
Le mal n'était qu'une ombre, un jour de ces hivers
Qui vous rendent si doux le printemps et les roses !
Ils en ont fait un univers[1] !

Il n'est d'autre mal sur la terre,
Hommes, que votre avidité !

[1] « L'iniquité n'a rien de réel comme les autres êtres, dit saint Basile (sermon sur la patience), car le mal n'est que la privation du bien, *et le bien est naturel à l'âme.* »

Nous pensons, de même, mais croyons de plus, avec Bernardin de Saint-Pierre, que tout mal a pour racine une erreur, de même que tout bien émane d'une vérité. Et partant de ce principe, nous disons : que le mal n'a d'autre réalité que celle que nous lui donnons, ou, en d'autres termes, que le mal réel n'existe que par notre volonté, ou notre ignorance, ce qui revient au même.

En effet, dans l'ordre de la nature, ce que nous appelons le mal, faute d'un autre nom, n'est jamais que la transition du bien présent en un bien plus parfait. De sorte qu'à proprement parler, il n'y a pas de mal dans la nature, mais seulement intermittence du bien.

Or, s'il est à présumer que l'intermittence dans le bien moral, est aussi indispensable que l'intermittence dans le bien physique que nous appelons la lumière, on peut en conclure que la discontinuation apparente du bien n'est elle-même qu'un grand bien, et rien n'est plus vrai, car il est visible que tout ce qui existe sur la terre périrait bientôt, si la nuit ne venait pas tempérer l'ardeur du soleil.

Contentons-nous donc d'adorer la sagesse divine, et que notre démence raisonneuse ne nous fasse plus changer en hideuses ténèbres et en nuits sans fin, les éclipses momentanées de bonheur par lesquelles doit passer notre vie, pour être la vie. Rappelons-nous qu'il n'est point ici-bas de lumière sans ombre, de même qu'il n'est point d'ombre qui n'ait aussi ses charmes. Disons même qu'il n'est rien de plus doux que l'ombrage, ni de plus adorable que la bonté divine quand, pour se laisser voir de nos faibles yeux, elle veut bien consentir à voiler sa splendeur.

Il n'est d'autre mal sur la terre que la folie humaine. Hors de là tout est beau, tout est grand, tout est admirable, et l'homme, pour être heureux, n'aurait qu'à se laisser vivre.

Et pourquoi la souffrir? respectez ce mystère,
Que vous cache encor ma bonté.
Mais quand l'homme, assez sage,
Suivra ma volonté,
Il aura, même en ce passage,
L'exemple du bonheur qui sera son partage
Dans ma céleste éternité.

Courage donc, grandis, poursuis, famille humaine.
Sous l'aile de mon Christ tes destins éclatants
Mérite le bonheur, suis le doigt qui t'y mène,
Et si, dans le trajet, tombe, de temps en temps,
Quelque nation infidèle,
Gémis, sans t'arrêter, car pour une hirondelle
Ne doit pas manquer le printemps.

Qu'il meure donc, le peuple insensé qui m'oublie,
Puisqu'au reste du monde il n'est rien qui le lie!
Toi, surtout peux finir, mercantile Occident,
Dont l'égoïsme étroit, le cynisme impudent,
Fait tache dans la boue immonde!
Vers les steppes du Nord, ton successeur ardent
N'attend plus qu'un signal pour t'effacer du monde,
Ah! comme sur tes bords il se réjouira!
Ah! plus sage que toi, comme il me bénira
A l'aspect des merveilles
Dont en vain j'enivrai tes yeux et tes oreilles!

Meurs donc, et pour l'éternité,
Peuple bâtard dont la furie
En vint à condamner l'amour de la patrie,
Et maudire la liberté!
Peuple dégénéré, vieillard aux goûts frivoles,
Poussière de héros, résidu de paroles,

Peuple sans foi, peuple menteur,
Qui de tout te fis des idoles,
Et n'exceptas que moi de ton culte imposteur !

Non ! il n'a pas de Dieu l'avare, ni l'impie !
Eh bien ! que l'un et l'autre expie,
Par les maux les plus déchirants,
Le tort d'avoir livré cette terre aux tyrans !
Place, place au Barbare !
Où ses pieds passeront rien ne reverdira !
Où furent les cités, le temps le cherchera,
Etsur leur souvenir paît le cheval tartare.
Quant à vous, ô martyrs de la Fraternité !
Mes bras vous sont ouverts dans l'immortalité !

Ainsi dit le Seigneur. Grâce, bonté suprême !
Repartis-je à mon tour.
Aux fils de l'Occident ne dis pas anathème,
Ne leur voile pas ton amour;
Car ton mépris est le tonnerre
Qui lancerait la terre
Au-delà du trépas ;
Grâce, grâce, mon Dieu, car ils ne savent pas !

Jamais, dit Jéhovah, ma tendresse infinie
Ne frappe les humains ;
Mais par eux, et pour eux, toute erreur est punie,
Tôt ou tard, par leurs mains.

Je ne me venge point, mais je brise l'obstacle
Qui s'oppose à mes lois.
Mes lois, c'est le bonheur !... la vertu, mon oracle,
La nature, ma voix.

Je n'ai point commencé, ni ne cesserai d'être,
Et j'ai créé les jours.

Tout change, tout s'éteint, ou finit pour renaître ;
Moi seul je vis toujours.

Centre de l'infini, j'ai sous mes lois fécondes
Des peuples d'univers,
Et dans l'immensité je sème plus de mondes
Que de sable aux déserts.

Chaque jour il en naît, chaque heure en voit éclore
Quelques nouveaux venus ;
Et chaque instant qui fuit de la nouvelle aurore
En compte un qui n'est plus.

Chacun d'eux, nid vivant, croît, grandit et s'envole
Quand a sonné son tour,
Et remonte, à jamais, porté sur ma parole,
Dans son premier séjour.

Mais jamais rien de moi, soit le temps, soit une heure,
Soit un monde habité,
Soit un soleil désert, soit vous, rien ne demeure
Dans l'immobilité.

Et vous prétendriez, ô fantômes de sages!
Tristes esprits perclus,
Amarrer votre terre à de mornes rivages
Où le jour ne luit pas.

Et depuis quand peut-on éterniser la vie,
Et suspendre les jours ?
Eh! la vague qui vient n'est-elle pas suivie
D'une autre... et puis toujours?

Comment donc, peux-tu croire, ô folle créature!
Ombre sans lendemain,
Au gré de tes désirs, empêcher la nature
De suivre son chemin?

O faux amants de jours, dont votre âme n'envie,
N'aime que les abus,
Phalènes ténébreux, qui ne trouvez la vie
Que dans ce qui n'est plus!

Savez-vous bien pourquoi je vous ai laissé vivre,
Si longtemps, sous mes cieux?
C'est que l'homme, sans vous, eût cessé de poursuivre
Ses destins glorieux.

Endormi dans les fleurs, bercé dans sa jeunesse,
Il m'aurait oublié;
Il n'est guère d'heureux qui ne se méconnaisse;
Vous l'avez réveillé!

Allez! retirez-vous! je voulais bien une ombre
Qui voilât mes soleils;
Mais non l'affreux linceul, mais non cette nuit sombre
Que m'ont fait vos pareils!

A nous donc, chers humains, mes bonnes créatures,
Devenus assez grands,
Délivrez-vous enfin de toutes impostures,
Et de tous les tyrans!

Et si l'on vous demande, enfants, pourquoi moi-même
Je tardai si longtemps, comme vous, à m'armer,
Gardez ces simples mots : je vous fis pour m'aimer,
Non pour brûler votre œil à ma clarté suprême.
Voyageurs de la terre à l'immortalité,
L'ombre qui vous protége est toute paternelle;
Vous saurez mes secrets dans la vie éternelle.
Jusque-là, retenez ce que dit ma bonté :
C'est la peur des tyrans qui fit la liberté!

CHANT II.

SOPHONIE.

Et Jéhovah se tut. Et des voix innombrables
Chantaient, dans des transports de joie inénarrables,
Saint, saint, saint est le Dieu qui veut l'Egalité,
Et conduit l'univers à la félicité!
Et, dans le même instant, un écho, tout de flamme,
Vers les cieux d'Occident vint rappeler mon âme.
Les nations en deuil, couvraient de leurs regards
Un splendide palais, fermé de toutes parts;
Et, des saints d'Israël la parole attérée
S'écriait, par moments, à la foule éplorée :

Que demandez-vous donc,
Filles des Pyramides,
Sémitique Juda, tyrienne Sidon?
Vierges du Niémen, pourquoi ces yeux humides?
Pourquoi ces longs soupirs, compagnes de Didon?
Anges de la Romagne et de la Pannonie,
Anges du Rhin et d'Hibernie,
Aux traits pâlis, aux yeux si doux,
Anges d'amour, que voulez-vous?

LES NATIONS.

Réveille-toi, divine France,
Rends-nous l'espoir, rends-nous la foi!
Brillant soleil de l'espérance,
Réveille-toi, réveille-toi!

Quand tu dors le monde sommeille,
Lui qui vivait de tes désirs,
Et tressaillit de tes soupirs,
N'aura-t-il plus d'écho, de voix qui te réveille?
O reine des grands jours,
Dormiras-tu toujours!

Regarde la belle Italie
A des Barbares triomphants
Livrer sa beauté, ses enfants!
Vois l'Europe embrasée, expier la folie
D'avoir cru des serments...
Qu'ont emportés les vents.

Vois du Rhin les tribus captives
Suspendre au saule des douleurs
Leur luth sanglant, baigné de pleurs!
De ses derniers soutiens vois les ombres plaintives
T'annoncer, par leur fin,
Quel sera ton destin.

Vois à la porte de l'aurore
L'aigle austrien, oiseau fatal,
A son émule, à son rival,
Livrer les clés du jour, et celles du Bosphore!
Et cet instant maudit,
Tout te l'aura prédit!

Vois, par les siècles ramenée,
Dans les plaines de Marathon,
L'ombre divine de Platon
Te révéler que là sera ton Chéronée[1],

[1] L'Europe est aujourd'hui, dans le même cas, vis-à-vis de la Russie, que le furent, il y a vingt-deux siècles, les Républiques de la Grèce à l'égard de Philippe, roi de Macédoine.

Celui-ci, qui voulait asservir les Grecs dégénérés, entretenait parmi

Si Londres et Paris
Se lassent d'être unis!

Sur une rive fraternelle,
Vois ta compagne, vois ta sœur,
Sous le glaive d'un oppresseur,
Répondre à tes dédains en te restant fidèle.
Ingrate, elle eut ta foi,
Et n'espérait qu'en toi!

Mais quel appel te vient sublime!
Quel cri déchirant, quelle voix!
C'est l'adieu du monde aux abois,
Devant le flot qui va rouler au même abîme,
Et l'Europe et tes bords...
France! France! et tu dors!

Réveille-toi, divine France!
Rends-nous l'espoir, rends-nous la foi!
Brillant soleil de l'espérance,
Réveille-toi! réveille-toi!

DANIEL.

Cessez vos pleurs.... elle sommeille!...
Ainsi dans les plaisirs, ainsi dormait la veille

eux la division au moyen d'orateurs qu'il avait à sa solde. L'un de ces stipendiés, dont le souvenir devrait être en exécration tant qu'un cœur d'homme battra dans une poitrine humaine, Eschine, puisqu'il faut l'appeler par son nom, trouva moyen d'entraîner ses concitoyens dans une guerre ridicule que l'on décora du nom de sacrée.

Ce fut le premier acte de la tragédie, le second fut l'intervention du macédonien dans les affaires de la Hellade, et le troisième et suprême, la bataille de Chéronée, le Waterloo de ces brillants Hellènes dont le nom ne mourra pas, mais dont le règne est fini depuis ce jour néfaste.

Tirez de ceci l'induction que la *liberté* est le plus précieux de tous les biens de ce monde, et que, ce plus grand des bienfaits de la divine Providence, on ne le perd jamais impunément.

Qui précéda son châtiment
Babylone autrefois... Trouvez-la maintenant.

NAHUM [1].

Ainsi, sur d'autres bords, jadis une autre Athènes,
Que ses vils orateurs vendaient à l'étranger,
Leur livrait ses héros, proscrivait Démosthènes,
Et le front ceint de fleurs souriait au danger.

MALACHIE [2].

Ainsi, près de ta fin, empire de Byzance,
Vide et pompeux débris de l'aire des Césars,
Tu discourais encore et d'ordre et de science,
Que l'Ottoman vainqueur foudroyait tes remparts.

AGGÉE.

Ainsi, tous ferez-vous, tous cesserez-vous d'être,
Ennemis de l'égalité,
Dont la bassesse appelle un maître,
Oubliant que Dieu vous fit naître
Pour lui seul, et la liberté !

SAMUEL [3].

Dans la joie et l'honneur tu sèmerais encore,
Famille de Jacob, le sillon paternel,

[1] Nahum vivait du temps de Sennachérib, 717 ans avant Jésus-Christ. Il console Israël en lui disant que le Seigneur est le soutien de ceux qui espèrent en lui, et l'infaillible vengeur de la faiblesse opprimée. Ses poésies ne concernent que la ruine future de Ninive.

[2] Malachie, c'est-à-dire l'Ange, le dernier des prophètes, dans l'ordre des temps, vivait sous Artaxerxès-Longuemain, 450 ans avant Jésus-Christ, il prédit l'abolition des sacrifices judaïques, et reprend sans cesse les prêtres d'Israël de leurs prévarications.

[3] Samuel, depuis prophète, juge, grand-prêtre, et gouverneur d'Israël, était le premier né d'une pauvre femme du peuple, qui l'offrit au Seigneur, 1155 ans avant Jésus-Christ. Samuel est un des plus grands hommes de l'ancienne loi.

Si lasse d'être heureuse, un jour que je déplore,
Tu n'avais préféré les rois à l'Eternel[1] !

[1] Un jour, les Hébreux, las de vivre en République, demandèrent un roi au vénérable Samuel qui les avait jusqu'alors gouvernés avec honneur et gloire, et Samuel leur dit : « J'ai consulté le Seigneur touchant votre demande, et il m'a répondu :

« En demandant un roi qui les juge, c'est moi qu'ils rejettent, afin que je ne règne plus sur eux ; c'est ainsi qu'ils ont toujours fait depuis que je les ai tirés de l'Egypte. Comme ils m'ont abandonné pour des dieux étrangers, ils vous traitent de même. Ecoutez maintenant ce qu'ils vous disent ; mais auparavant, faites-leur bien comprendre quel sera le droit du roi qui doit régner sur eux.

« Voici donc, suivant le Seigneur, quel sera le droit du roi qui vous gouvernera : il prendra vos enfants pour conduire ses chariots, et il s'en fera des cavaliers pour courir devant son char ; il prendra les uns pour labourer ses champs, les autres pour lui fabriquer des armes, et de même qu'il aura pris vos fils, il prendra aussi vos filles.

« Il prendra ce qu'il y aura de meilleur dans vos champs, et il le donnera à ceux de sa maison ; il vous fera payer la dîme de vos blés et de vos revenus, pour avoir de quoi donner à ses *eunuques et à ses officiers*, il vous prendra tous, vous-mêmes, ainsi que vos troupeaux, et vous serez ses serviteurs. Vous crierez alors contre le roi que vous vous serez donné, et le Seigneur ne vous exaucera point, parce que c'est vous qui aurez demandé d'avoir un roi. » (*Les Rois*, liv. I, chap. VIII.)

Que d'enseignements dans ces quelques mots, et dans ce que l'histoire nous apprend, qui arriva depuis ! Heureux, pendant 436 années, sous le gouvernement paternel de ses vieillards, le peuple de Dieu n'a pas plutôt quitté la République, que la guerre de prétendants le dévore, et tellement, que déjà sous le fils du troisième roi, l'État déchiré se divise en deux parts, offrant ainsi à l'étranger une proie facile.

Et ceci se comprend. Pour payer les *eunuques et autres gens du roi*, suivant l'expression de Dieu même, il fallait des impôts, et ces impôts amenant naturellement la misère parmi ceux qui les payaient, il arriva aux Hébreux ce qui leur était arrivé dans la terre d'Egypte, et ce qui arrive partout en Europe aujourd'hui, à savoir : « que plus on les accablait de fardeaux insupportables, et plus leur nombre se multipliait et croissait visiblement. » (*Exode*, chap. I, verset 12.)

Or, la population juive, jetée hors de ses limites par la pression des rois, devint infinie, ainsi que sa misère, et l'une augmentant l'autre, il n'y eut plus désormais ni ordre ni bonheur possible. De sorte que, trois siècles à peine après l'installation des rois, le peuple Hébreu passait, pour ne plus se relever, sous la domination étrangère. On peut même dire qu'il avait abdiqué en couronnant Saül.

Qu'on ne se fasse pas d'illusion à cet égard, mais la monarchie,

ABDIAS [1].

Il est jaloux de notre hommage,
Le Dieu qui nous conduit et donne le bonheur
Honorons-le dans son image ;
Mais n'adorons que le Seigneur.

ZACHARIE [2].

Suivez les lois de la nature ;
Ainsi que Dieu l'entend, aimez l'Egalité ;

c'est-à-dire le fétichisme obligé d'un homme, et ce n'est pas toujours la faute des rois, est beaucoup plus près, qu'on ne le pense, de l'idolâtrie, et, conséquemment, n'est pas dans la nature. « L'idolâtrie est venue des rois, » dit Salomon. (*Sagesse*, chap. XIV, verset 21.)

Ne vous étonnez donc plus de la perturbation générale à laquelle l'humanité est, dans ce moment, en proie. Cherchez-en bien la cause, et il ne tiendra qu'à vous d'en voir bientôt la fin.

La cause, la voici : c'est que l'humanité n'est plus dans sa voie naturelle.

Songez-y : il n'est pas de monarchie sans priviléges, de priviléges sans privilégiés, de privilégiés sans compression, de compression sans misère, et, *avec la misère*, de société possible. Jugez-en par l'Irlande, par la Belgique, par la Prusse, et autres.

Rappelez-vous que l'Autriche, où la misère, l'assassinat, le vol, la guerre, l'incendie, sont l'état normal, est relativement plus peuplée que l'Hindoustan, et la Russie que la Chine. Souvenez-vous que la Russie est, proportionnellement, soixante fois plus peuplée que le Brésil et toutes les Républiques de l'Amérique du Sud. Rappelez-vous que le département du Nord, qui compte un pauvre sur trois habitants, est, sans comparaison, le plus peuplé de tous vos départements.

Et cela parce que vous aviez trouvé qu'il y avait trop d'hommes au banquet de la vie, quand Dieu les faisait naître lui-même. Vous êtes punis par où vous avez péché.

Concluez !... le monde n'aura que Dieu pour maître, ou ne sera plus.

Appeler *Dieu donné*, appeler *Providence* une misérable individualité humaine, est un crime que l'auteur de ce monde ne pardonnera plus désormais à l'homme entré enfin dans l'âge dela raison.

[1] Ce prophète vivait sous Ezéchias, roi de Juda. Il avertit les oppresseurs qu'ils peuvent s'attendre à la pareille.

[2] Zacharie commença, sous le règne de Darius, fils d'Hystaspe. Il disait au gouvernement d'Israël : « Voulez-vous vivre heureux, respectez la veuve et le pauvre, et que chacun exerce envers son frère miséricorde la plus parfaite. »

Peuples qui voulez vivre, appelez imposture
Ce qui n'est pas Fraternité,
Et vous aurez la gloire et la félicité.

MICHÉE [1].

Comparez les enfants de la libre Helvétie
Au Nègre que l'on parque au profit d'un tyran ;
Rappelez-vous les jours de l'antique Russie,
Et dites si le joug fait l'homme le plus grand [2].

BARUCH [3].

Comparez le Breton du nouvel hémisphère,
Le fier républicain au front illuminé,
A l'humble Asiatique, à genoux prosterné
Devant un maître héréditaire [4].

JONAS.

Au servile bramine, au lâche mandarin,
Opposez les Miltons de la Grande-Bretagne;

[1] Michée était le contemporain d'Ozéa, dernier roi d'Israël. Ses poésies forment un plaidoyer aussi sublime qu'énergique en faveur de la cause populaire.

[2] La Moscovie, elle aussi, a eu ses beaux jours. De nombreuses et vastes Républiques ont jadis illustré cette terre aujourd'hui désolée. Espérons donc! Il y a dans la grande famille slave tant de vertus qui ne demandent, pour éclore, qu'un rayon de soleil!

[3] Baruch, disciple et secrétaire de Jérémie, passa, comme son digne maître, sa vie dans les prisons. « Malheureux que je suis, s'écriait-il souvent, je n'aurai donc jamais pu trouver sur cette terre un moment de repos! »

[4] Si les deux ou trois millions d'hommes libres qui habitent les Etats-Unis de l'Amérique du Nord, entreprenaient de ranger sous leurs lois les cinq ou six cents millions d'esclaves qui végètent en Asie et en Afrique, sous le bâton d'un maître, on peut croire qu'ils y auraient bientôt réussi. Ajoutons qu'il ne leur faudrait pas longtemps pour expulser du Nouveau-Monde tout ce qui s'y nomme encore empire du Brésil, monarchie espagnole et possessions russes.

Au courtisan des rois l'homme de la montagne,
Et le valet au souverain [1]!

JOEL [2].

Qu'elle est belle, mon Dieu, ta créature humaine,
Quand, brillante d'honneur, de grâce et de fierté,
Elle nous apparaît, comme en l'antiquité,
Sous les traits radieux d'une femme romaine,
Dans les jours de la liberté!

OSÉE [3].

Voilà, voilà le flanc d'où sortiront ces braves,
Ces orages vivants qui, sûrs de t'honorer,

[1] Rappelez-vous que Moïse, Homère, Virgile et Milton, furent des républicains. Trop heureux, ce dernier, s'il n'eût pas confondu, dans sa haine légitime contre la tyrannie, l'instrument avec la cause. Car, il faut savoir respecter toujours les saintes lois de l'humanité, même envers ceux qui ne les connurent jamais. Quoiqu'il en soit, cherchez dans le servilisme monarchique quelque chose qui approche du génie de ces quatre hommes, et vous ne trouverez rien. Mais, vous verrez qu'une parcelle de terre démocratique, nommée la Palestine, et une autre nommée la Grèce, ont produit, en un siècle, plus de grands hommes que toutes les monarchies passées et présentes, y compris la nôtre, ne peuvent nous en offrir dans l'immensité des temps. Nous avons dit : y compris la France monarchique, et rien n'est plus vrai. Car le génie de notre nation n'a réellement commencé à sortir du vulgaire qu'à l'aurore de la liberté, c'est-à-dire avec Corneille, Racine et Fénélon, pour produire Chateaubriand, Lamartine et Hugo, devant lesquels toute gloire passée s'efface. Plus la liberté grandit, et plus sur les ailes de cette divine mère, le génie de l'homme se rapproche des cieux.

[2] Joël vivait 789 ans avant Jésus-Christ. Il enseigne que le plus solide rempart d'un peuple est la justice et la vérité.

[3] « Ce prophète, qui parut huit siècles avant l'ère chrétienne, accusait les prêtres d'Israël de dégrader sciemment le moral du peuple, pour vivre de ses fautes. » (Chap. IV, V. 8.)

On voit par là que le système de Malthus n'est pas nouveau, comme aussi, quel degré de confiance mérite l'école politique qui, du même coup, refuse à l'immense majorité des deux peuples de France et d'Irlande, l'exercice des droits politiques, sous le prétexte que le premier n'est pas assez catholique, et que le second l'est trop.

Chasseront devant toi ces vils troupeaux d'esclaves
Dont le maître insolent se faisait adorer.

HABACUC[1].

Oui, voilà tes vrais fils, créateur de ce monde,
Tes fils au cœur céleste, au vol audacieux.
Toujours épris de toi, divin Père des cieux,
Ils ne planent jamais qu'où ta lumière abonde.
Loin de la terre alors, emportés loin des yeux,
Leur règne glorieux
N'a plus d'autres confins que ta bonté profonde.
Ne les a-t-on pas vus, déjà maîtres de l'onde,
Sur les ailes du feu, ces hardis conquérants,
Vaincre à la fois les airs, la foudre et les tyrans[2]?

[1] Habacuc annonçait aux grands d'Israël que Babylone les foulerait aux pieds, ainsi qu'eux-mêmes avaient foulé le peuple.

[2] Encore quelques années, et le télégraphe électrique portera, en moins de deux minutes, la pensée de l'homme, du pôle sud au pôle nord. Encore quelque temps, et l'homme lui-même traversera en quelques heures, d'un hémisphère à l'autre. C'est-à-dire que l'homme se sera assujetti la foudre et les airs, comme il s'est asservi l'onde. Et ces merveilleuses découvertes ne seront que le prélude de plus étonnantes encore; lesquelles, cependant, finiront par sembler des choses aussi simples que de boire et de manger, parce qu'elles sont dans la nature. Mais ce progrès, à qui le devra-t-on? Précisément à ces mêmes peuples auxquels on doit déjà le paratonnerre, les aérostats, la vaccine et la vapeur, à savoir : la France, l'Angleterre et les Etats-Unis d'Amérique. Et ce développement incommensurable de l'esprit humain, qui l'aura provoqué chez ces trois peuples? La *liberté !* sans liberté, pas de progrès, et sans progrès, pas d'humanité! Celui-là donc seul est un homme qui est libre, et celui-là seul est libre, qui l'est sans limites. Un homme libre concentre en lui seul plus de génie que des milliards d'esclaves. En voici une preuve.

Comparez ce qu'a fait le monde depuis un siècle, avec ce qu'il avait fait auparavant, et la comparaison sera toute en faveur de la période actuelle. Oui, le monde a plus marché depuis quatre-vingts ans, que de cette dernière époque à son origine. Et pourquoi? Parce que jamais la liberté n'avait eu sur la terre une aussi large base que celle qu'elle possède, depuis 1778, dans la grande République américaine. Première

ISAIE.

Voilà pourquoi, Dieu saint, tu te donnas les pères
De ces deux nations qui se laissent finir;
Simples et valeureux, ils devaient obtenir
Un regard de ton cœur et des destins prospères,
Et tu leur gardas l'avenir.

Aussi, depuis le jour qu'apparut sur la terre
Le peuple par lequel serait tant anobli
Le nom porté si haut de France et d'Angleterre,
Que d'empires tombés dans l'éternel oubli!
Que de noms effacés du grand livre du monde,
Depuis l'antique jour que le Celte, au printemps,
Vint, de la nuit profonde,
Se révéler au temps!

Babylone et Memphis cèdent l'empire au Mède;
Puis le Perse succombe, et l'Hellène succède;
Puis enfin, après eux, vient le géant romain,

preuve, entre mille, que sans la liberté, l'homme n'est rien. En voici une seconde :

Dans le prodigieux travail intellectuel accompli depuis quatre-vingts années, quelle est la part de l'Espagne, du Portugal, de l'Autriche, de la Prusse, de la Russie, de l'empire Ottoman et de tous les autres?.... Rien! Et cependant ils marchent, dira-t-on. Non!... ils ne marchent pas! ils sont traînés par les nations libérales, comme le fut la France elle-même, lorsque de souvenirs en souvenirs elle remontait aux Pharaons, pour arriver probablement au chaos primitif. N'en doutez pas, si le système qui repoussa de la France Fulton et sa découverte, eût régi l'Amérique, il y a tout lieu de craindre que le monde n'eût jamais connu la vapeur. Concluons. La tyrannie, c'est l'étouffement de la nature, la révolte du néant contre le Créateur; où elle règne, n'espérez rien. N'attendez pas plus de Vienne et de Constantinople que de Rome et de Tumbouctou; n'attendez pas plus de Lisbonne que de Saint-Pétersbourg, et de Naples que d'Otaïti. Partout, la tyrannie, ce n'est pas même la mort, car la mort est encore féconde, c'est le néant.

Il n'y a d'homme que celui qui, jouissant de la plénitude de la liberté, n'en fait jamais usage que pour le bonheur de tous les autres.

Si froissé de tes coups, si fort de ton hymen,
Noble terre des preux, qui seras cette France,
L'orgueil et l'espérance,
Un jour, du genre humain !

Et tous ils sont tombés, tombés dans la nuit sombre !
Et bien d'autres comme eux, dont on ne sait le nombre !
Et toi tu vis toujours !
Toujours, parce qu'aux bons ainsi qu'aux mauvais jours,
Aux champs de Waterlo comme au lac Trasimène,
Toujours un même esprit et t'enflamme et te mène,
Esprit tout spécial, amour d'humanité,
Qui donne à ton empire un air d'éternité.

Le pieux voyageur cherche où fut Babylone ;
Suse n'a plus de nom... A l'antique Dodone,
Qui ne rend plus d'oracle, on ne s'inspire plus,
Et les aigles romains sont tombés vermoulus.

Mais toi tu vis toujours... toujours, toujours nouvelle,
Toujours jeune de cœur, toujours aimante et belle !
Ah ! ne change jamais ! Fuis ces vils imposteurs,
Ces sophistes maudits, ces lâches corrupteurs,
Qui, tels que le serpent dont l'haleine asphyxie,
Avant de t'engloutir te soufflent l'inertie.

A quoi bon des vertus l'inutile tourment ?
Disent-ils. A quoi bon l'honneur et le courage ?
Nés du hasard, pendant l'orage,
Il n'est rien après nous ; profitons du moment.
Jouir, voilà le bien suprême !
Dieux, couronnés de pampres verts,
A nos plaisirs d'un jour immolons l'univers,
En lui prouvant qu'ainsi l'a voulu Dieu lui-même...

Pour nous servir, nommons des rois;
Broyons le peuple sous nos lois,
Et surtout, une bonne fois,
Empêchons-les tous de s'entendre,
En armant les premiers de droits
Qu'eux-mêmes ne puissent comprendre[1].
Et profitant de ce débat,
Sans remords ni crainte importune,
Elevons-nous une fortune
Sur les ruines de l'Etat.

Ainsi finissent les empires!
Ainsi, rongé par ces vampires,
Du César d'Austerlitz le drapeau succomba,
Athènes cessa d'être, et Solyme tomba!
Par eux Sparte n'est plus, et Rome, à leur parole,
Vit flétrir les lauriers de son vieux Capitole.
Redoute-les, ô France! Il n'est pas d'horizon
Que n'ait pétrifié leur infernal poison!
Ecoute-les, ravis de cacher leur pensée,
Enseigner l'ignorance à la foule empressée.
Oh! malheur au pays qui s'en laisse infecter!
La rouille par le fer est moins à redouter;
La mousse qui s'attache à l'arbre séculaire
Au moins n'en tarit pas
La sève médullaire;
Mais avec eux, toujours, toujours... c'est le trépas!

En doutez-vous? Allez à la rive africaine,
Dans le silence, au sein des mers,

[1] Le roi *règne et ne gouverne pas*, c'est-à-dire nous donnera tout ce que nous lui demanderons, et s'arrangera du reste. Les sophistes ont fait aux rois ce qu'ils voudraient bien faire à la Providence, mais la Providence n'accepte pas.

Interroger l'écho qui vient de Sainte-Hélène,
D'un tombeau noyé dans les airs.

Là mourut, prisonnier de l'onde,
Sur un débris de l'Océan,
L'aigle dont le regard géant
Trouvait trop petit votre monde.

Vanité ! vanité !
Fils de l'Egalité,
Mais par les rois flatté,
Pour plaire à ses flatteurs, il oublia sa mère
Et méconnut la Liberté !...
Et toi, Seigneur, tu l'as, comme un grain de poussière,
De ses splendeurs précipité.

Et moi, dont le tombeau frémissait de sa gloire,
Et moi, qui dans ma nuit si longtemps l'admirai,
En revoyant le jour, j'ai scruté sa mémoire,
Et mes yeux ont pleuré !

J'ai pleuré ce brillant génie
S'égarant dans les cieux perdus,
Sur les pas de la félonie,
Parmi les soleils disparus !

J'ai pleuré cet esprit si vaste
Né pour savoir la vérité,
Et dont l'ambition néfaste
N'a pas compris l'Humanité !

Hélas ! qu'il fût resté
Soldat de l'Egalité,
Et mes yeux le verraient encore !
Et son nom, qui pâlit, plus heureux que l'aurore,
Aurait vécu l'éternité !

Inspire, Dieu puissant, à sa postérité
La justice et la vérité,
Et dans ses vœux l'humilité !

Ah ! n'espérez qu'en Dieu, passagers de la terre ;
Car c'est lui qui vous guide, et non pas les humains.
De ce que vous voulez, mortels, vos faibles mains
Elèvent toujours le contraire[1].

JÉRÉMIE.

Qu'elle est coupable et funeste,
Ta folie, homme pervers,

[1] La révocation de l'édit de Nantes, dont le but était d'anéantir en France l'Eglise réformée, a produit la République protestante de l'Amérique du Nord, et ce qu'il y a de providentiel, c'est que cette République sera, probablement bientôt, le seul refuge ouvert en ce monde à la société trop célèbre, dont l'influence fit chasser de leur patrie les protestants français.

Il y a mieux, c'est que soixante-dix ans après la mort du roi, qui ne fut dans cette mesure qu'un instrument passif, bien qu'il redît sans cesse : l'Etat, c'est moi! le peuple s'installait dans le palais de Versailles, élevé par ce même roi à sa dynastie, et les enfants de ce prince absolu allaient s'éteindre en exil.

Puis, ce même peuple, séduit par une gloire nouvelle qui lui promettait l'empire du monde, s'abandonna à ce prestige, et cette gloire, qui devait durer toujours, partit au bout de dix ans, laissant la France beaucoup plus petite qu'elle ne l'était sous ses anciens rois.

Vanité des vanités!

Aujourd'hui, c'est autre chose. Il s'agit de la part de l'étranger, sous le prétexte de détruire la République en France, d'anéantir la France elle-même. Eh bien, écoutez :

« Le premier coup de canon tiré sur la République française, écrira sur les murs du Capitole le *Mane thecel phares* de l'Eglise romaine et de l'Occident de l'Europe, car ce sera le signal de l'entrée des Russes à Constantinople.

« Mais la liberté n'aura pas pour cela cessé d'être. Au contraire ; jamais elle n'aura été aussi belle, et n'aura eu d'aussi nombreux enfants ; mais, c'est vous qui ne serez plus, vieux peuples et vieilles religions, qui pouviez vous éterniser dans le progrès, et qui ne l'aurez pas voulu !

« Dieu seul est grand ! »

Qui, dans sa route céleste,
Crois arrêter l'univers !
Qu'elle est commune et profonde,
La futilité d'un monde
Qui, l'esprit toujours fixé
Vers le temps qui cessa d'être,
Pense follement renaître
En regardant le passé.

Ah ! qu'un bon père renaisse
Et se ranime, joyeux,
Quand dés fils de sa jeunesse
Il suit les aimables jeux !
Elle est sainte, cette ivresse ;
C'est le soleil qui caresse
Le voyage qui finit.
Cette erreur, on la pardonne ;
Car celui qui nous la donne
Est celui qui la bénit.

Mais qu'un peuple qui s'oublie,
Ou qu'un despote insensé
Pense prolonger sa vie
En se crispant au passé,
Cela s'appelle la démence.
Jamais on ne recommence
Les jours qui sont révolus.
Du passé rien ne demeure ;
On ne ferait pas une heure
De tout le temps qui n'est plus.

Pourquoi donc, prétendu sage,
Si ce monde, en vérité,

N'est qu'un rapide passage
Qui mène à l'éternité,
Vas-tu chercher, ô frivole!
Le ciel dans l'ombre qui vole
Sur les jours laissés par toi?
Est-ce en avant, en arrière,
Qu'est, radieux de lumière,
Le ciel promis à ta foi[1]?

Non, non; ta vaine sagesse
Ne veut ni jour ni clarté,
Toi qui dans la nuit, sans cesse,
Vas chercher la vérité.
Pourquoi les meilleurs usages
Viendraient-ils tous de vieux âges
Aux souvenirs décevants?
Eh! le Dieu qui nous fait naître
Ne doit-il pas mieux connaître
Ce qui convient aux vivants?

O mortels! jamais la vie
Ne peut naître du trépas.
L'être auquel elle est ravie
L'aide, et ne la transmet pas.
Il sert à donner au monde
Cette poussière féconde
Où tout germe pour finir;
Mais l'impérissable flamme
Que l'homme appelle son âme
N'est qu'un rayon d'avenir.

[1] « Quiconque ayant mis la main à la charrue, regarde derrière soi, n'est point propre au royaume de Dieu. » (Jésus-Christ, *Évangile suivant saint Luc*, IX, 62.

Suivez donc tous, sur la terre,
Les simples lois du Seigneur,
Et vous aurez, sans mystère,
Tout le secret du bonheur.
Ces lois, sa bonté fidèle
Sur vos besoins les modèle,
Les grandit comme vos jours;
Enfants, la jeune lumière
Qui, faible encor, vous éclaire,
Avec vous croîtra toujours[1].

Non, dit un vénal génie;
Non, de plus en plus pervers,
L'homme, sans la tyrannie,
Incendierait l'univers.
Vieillard usé qui s'enivre,
Et voulant d'autant plus vivre
Qu'il approche du tombeau,
Il faut à son triste monde,
A jamais, l'autel immonde
Que préside le bourreau!

Ainsi toujours, Dieu suprême,
Ont parlé de ta bonté
L'ignorance et le blasphème,
L'orgueil et l'avidité;
Spéculant sur la misère,
Ils en ont rempli la terre

[1] Nature, humanité, morale, religions, idées, tout marche sans cesse vers la perfection. C'est donc folie à l'homme de répéter à chaque pas : nous voici arrivés. Mais où s'arrêtera cette course ascensionnelle?... à Dieu même!... On voit que l'humanité a de l'espace devant elle.

Et n'ont pas craint de venir,
A ta grandeur souveraine,
Se lamenter d'une peine
Dont ils tremblaient de guérir.

De là ce duel auguste
Entre l'ombre et la clarté,
Entre l'oppresseur injuste
Et ta suprême bonté.
Non, jamais, jamais tendresse
Ne fut plus enchanteresse
Qu'alors celle de ton cœur !
Eh bien ! de la tyrannie,
Dieu de justice infinie,
A peine es-tu le vainqueur !

Oh ! que de larmes versées,
Créateur, sous tes beaux cieux,
Depuis que de tes pensées
L'homme naquit glorieux !
Saint abîme de clémence,
Si jamais ta Providence
Jugea bon de nous punir,
Les agents de ta colère
Ont bien conquis sur la terre,
Mon Dieu, le droit de finir !

Aussi, pareil à l'aurore,
Eternel, tu t'es levé ;
Un jour plus pur vient d'éclore,
Et ton règne est arrivé !
Racheté par la souffrance,
Que le monde à l'espérance

Se réveille désormais;
Et, puisqu'il lui faut un maître,
Sois donc, si tu daignes l'être,
Le seul monarque à jamais.

C'en est fait, la créature
Ne peut plus, à l'avenir,
Porter ce que la nature
Suffit à peine à tenir.
Non, mon Dieu, pour la couronne
Et le soin qui l'environne,
L'homme n'est pas assez grand!
Le trône est si difficile
Qu'il n'est plus de roi possible
S'il n'est esclave ou tyran!

Or, nous, notre destinée
Peut-elle sans repentir
Aller, ainsi promenée,
Du tigre aveugle au martyr?
Non, non, l'humaine sagesse
N'est plus de flotter, sans cesse,
Au gré de vils imposteurs!
Bon ou mauvais, quoi qu'il fasse,
Un roi ne tient plus sa place
Qu'au profit de ses flatteurs.

Oh! n'en soyez pas moins justes,
Vous, nations, pour les rois;
Car ils sont cent fois augustes
Ceux qui vous laissent des droits.
Enivrés du rang suprême,
Egarés, trompés quand même,

C'est un miracle d'honneur
Qu'ils vous maintiennent encore,
Sous le joug qui les dévore,
Un atòme de bonheur.

Mais ce n'est point la nature
Qui te veut sceptre doré,
Dont trop souvent l'imposture
S'est fait un abri sacré.
N'importe! on te rend hommage
Que tu naquis de l'orage
Et de la nécessité.
Mais avec la tyrannie
Ta mission est finie
Le jour [1] de la liberté !

Cessez donc, rois de la terre,
Cessez de vous croire un bien!
Votre esprit peut-il se taire
Que vous ne pouvez plus rien ?
Jouets d'une cour impie,
Votre complaisance expie
Cruellement leur fureur ;
Obligés tous, que vous êtes,
De passer par les tempêtes
Pour sombrer dans la terreur.

[1] « Les rois ne sont pas de l'institution de la nature ; elle nous en-
« gendre tous libres; mais comme les hommes n'étaient pas capables
« de bien user de cette liberté, et que les uns opprimaient les autres,
« qui ne pouvaient se défendre, il a été nécessaire de venir à l'élection
« d'un particulier que les autres ont chargé de cette défense et du soin
« public. » (*Morale chrétienne*, par Godeau, évêque de Vence.)

Voilà toute la question ; les rois, institués pour défendre les sociétés contre les oppresseurs, succombent sous un pareil fardeau. Il faut un autre pouvoir, et ce pouvoir, c'est tout le monde.

Un mot!... Non, toi que le crime
Pousse au sommet des Etats ;
Ton orgueil illégitime
Je ne l'interroge pas.
Mais toi, roi par héritage,
Quels dons forment ton partage
Pour guider les nations?
Faîte d'un vivant problème,
O roi, connais-toi toi-même,
Et résous ces questions :

Dans la maison paternelle
Vis-tu la pitié jamais ?
Quand la douce paix vint-elle
Habiter dans ton palais ?
L'épouse et l'unique fille
Qui composaient ta famille
T'ont valu cent maux divers.
Chez toi tu n'es pas le maître,
Et l'on te suppose l'être
Des trois quarts de l'univers!

Fuyez donc, vaines chimères
Qui berçâtes les humains!
Mortels, toutes vos misères
Sont l'ouvrage de vos mains!
Ne confiez à personne
Le bonheur que Dieu vous donne
Et sachez vous gouverner,
Car c'est une tâche immense
Que l'on ne peut sans démence
Ni sans crime abandonner.

Mortels, maudire son être,
C'est maudire son auteur;
L'aliéner pour un maître,
C'est voler le Créateur.
Bonheur, corps, âme, pensée,
Vie à venir et passée,
Tout est à lui, c'est son bien.
En disposer pour un autre
Quand cela n'est pas le vôtre,
C'est un mal... Croyez-le bien!

Écoutez! il est un livre [1]
Qui dit que la liberté
N'est que le devoir de vivre
Envers le ciel contracté.
Et, quand par nous est suivie
La loi qui prescrit la vie,
Vous, sophistes, vous venez
Nous punir par l'indigence
De ce que votre impudence
Nomme le tort d'être nés?

Et qui donc nous donne l'être,
Et, nous prenant par la main,
Tendrement nous fait connaître
Qu'il est au bout du chemin?
Et moi, je fuirais la voie
Où Dieu lui-même m'envoie
Accomplir sa volonté!
Tyrans, tyrans, qu'il est lâche
L'homme, oublieux de sa tâche,
Qui vous vend sa liberté!

[1] Le livre de la nature.

Mais qu'entends-je? quel cri sur mon âme retombe
Plus pesant qu'un remords?
Pourquoi, Seigneur, d'entre les morts
Réveillas-tu ma tombe?

Endormi dans l'espoir que ton esprit viendrait
Enseigner à la terre
Le secret de te plaire,
J'étais heureux des maux que mon âme ignorait!
Mais aujourd'hui, mon Dieu, dans quel lointain asile
Un moment de repos
Me sera-t-il possible?
Ah! rends-moi le calme insensible!
Rendez-moi la paix des tombeaux!

Déplorable Occident, aux souvenirs funèbres!
Innombrables martyrs qui peuplez ses ténèbres!
Misère horrible et sans remords
Qui viens les torturer au sein de l'abondance;
Inévitable fin qui vers eux tous s'avance,
Heureux qui vous oublie! heureux ceux qui sont morts!

SOPHONIE.

Ainsi dit le prophète, et, couché sur la terre,
Il veut recommencer le sommeil éternel,
Quand, apporté par le tonnerre,
Descend des profondeurs du ciel,
Mais plus harmonieux que le zéphir sonore
Qui précède l'aurore,
Le plus céleste écho des plus divins concerts
Qui jamais soient venus charmer cet univers.

CHANT III.

CHOEUR D'ESPRITS AÉRIENS.

Qu'il est bon, qu'il est adorable,
Le père des humains ! Heureux qui le connaît !
Chaque nouveau secret
De sa grandeur impénétrable
Est un témoin de plus. Combien il est aimable !

Temps, univers, immensité !
Cieux infinis, êtres sans nombre,
Vous n'êtes pas l'ombre d'une ombre,
Auprès de sa bonté !

Ne dis donc plus, ô monde ! il a fait la misère...
La misère est pour nous le vautour nécessaire
Qui de restes impurs délivre les chemins.
C'est la divine faux dont l'active prudence
Élague, sans pitié, l'excessive abondance
Du champ trop fertile en humains !

Et ce blasphème horrible, et cette erreur profonde,
Auront dans tous les temps pu désoler ce monde
Sans jamais soulever un seul contradicteur !
Et Dieu n'en a pas moins aimé sa créature...
Et Dieu... mais c'en est trop !... Parle pour lui, nature,
Lève-toi, venge ton auteur !

Qu'il est bon, qu'il est adorable,
Le père des humains ; heureux qui le connaît !

Chaque nouveau secret
De sa grandeur impénétrable
Est un témoin de plus. Combien il est aimable !

Dans quels lieux naît le jour? Qui lui dit de finir ?
Et lorsqu'il est parti qui le fait revenir ?
Est-ce toi, folle brise, ombre de rien qui passe ?
Quand l'univers naquit quel monde habitais-tu ?
Quels cieux te possédaient quand ton monde vint nu
Dans les campagnes de l'espace?

Qui le vêtit alors cet univers naissant ?
Jeune et débile encor qui le veillait sans cesse
Et qui l'enveloppa des plis de sa tendresse?
Toi, qui parle, est-ce toi, ver de terre impuissant?

Et depuis, qui peupla d'habitants cette terre,
Et l'abîme des flots jusque-là solitaire?
Serait-ce ta bonté, dernier des vermisseaux?
Est-ce ton soin touchant qui garde et fait éclore,
Réchauffe, anime, inspire, embellit et colore,
Et nourrit les petits oiseaux?

Sont-ce tes doux concerts qui charment les bocages
Et tes mille tribus qui peuplent les rivages?
Quels mets préparez-vous à l'immense éléphant?
As-tu jamais pris soin des timides gazelles,
Et te vit-on jamais recueillir sous tes ailes
Et la baleine et son enfant?

Est-ce ton bras fécond qui répand la rosée
Et la fraîcheur des nuits sur la terre embrasée ?
Peux-tu rendre l'éclat à d'innombrables fleurs?
O superbe néant, par qui donc est servie
La table où tu t'assieds au banquet de la vie
Et l'espérance à tes douleurs?

Et tu viens accuser, indigne créature,
Le père des humains, le Dieu de la nature,
De se donner des fils qu'il ne peut pas nourrir ?
Et de là naît, dis-tu, l'inévitable guerre
Qui, jusqu'au dernier jour, doit régner sur la terre,
Et fatalement la régir.

Et tu dis : pour qu'un vive, il faut que beaucoup meurent,
Au foyer du soleil il faut que peu demeurent
Pour que cet univers soit dans l'état normal.
Qu'importe que le faible ou l'innocent succombe !
Ici-bas la vertu n'a d'espoir qu'en la tombe ;
Ce monde est l'empire du mal !

Déchire le bandeau que te mit l'imposture,
Insensé qui murmure ;
Et toi, simple chrétien, écoute la nature.

Non ! l'homme ne vient point ici-bas pour souffrir !
Il y vient pour aimer, il y vient pour bénir
Cette splendide Providence,
Cette profusion d'amour
Qui sur votre univers verse tant d'abondance,
De bienfaits et de jour !

Quelle illusion plus vermeille
Que la réalité qui vient, chaque matin,
Sous le nom d'aurore, étaler sa merveille ?
Quoi de plus enchanteur que la beauté qu'éveille
Un sourire enfantin ?

O mortel, ô mortel ! amant, époux et père,
Le Dieu de ces bienfaits est le même qu'espère
Chaque élan de ta foi dans un monde certain !
Et, pour comble de biens, Dieu te donne une mère,
Et tu maudis un tel destin !

Quand cesseras-tu donc, ô démence suprême !
D'appeler la vie un fardeau ?
Eh ! dans l'ordre à venir, hors l'aspect de Dieu même,
Que peut l'éternité te montrer de plus beau [1] !

Reviens à toi, mortel, suis le vol de ton âme ;
Elle aspire sans cesse où luit la vérité !
Telle toujours monte la flamme
Vers le séjour de la clarté !

Monte de même, Humanité !
Et libre enfin du joug qui tenait ton enfance,
Viens bénir de plus près
La gloire et les secrets
De la divine Providence.
Tout ce qui s'échappa des mains du Créateur,
Bien que saint en naissant, fut créé perfectible.
Le temps, d'un vol irrésistible,
Cherche à monter vers son auteur.

Pour contenir son Dieu, cent fois l'éternité,
Cessant d'être immobile, a reculé ses bornes ;
Et ses déserts jadis si mornes
Se sont revêtus de clarté.

Pour fêter l'Éternel, tous les soleils des cieux
Ont grandi leur orbite et recruté leur nombre,
Et des plus obscurs le plus sombre
Scintille aujourd'hui radieux.

La terre, chaque jour, d'une nouvelle fleur
S'embellit pour charmer le maître qu'elle adore,
Et pour lui plaire se décore
De l'absence d'une douleur.

[1] Eh ! où Dieu n'est-il pas ?

Et sans fin, sans retour, emportés dans l'espace,
Le présent, l'avenir, l'homme, le ciel, les mers,
Ainsi qu'un flot montant, tout cela vogue et passe,
Cherchant le Dieu de l'univers.

Et de tout ce que l'homme a pu nommer la vie,
Ce mouvement est le ressort,
La loi que ni le ciel ni la terre n'oublie;
Car l'immobilité serait soudain la mort.

Mais bercé par son ignorance,
Dans les ténèbres de l'enfance,
Ce mouvement divin l'homme ne le vit pas;
Et, craignant de tomber, n'osant risquer un pas,
Resta plus inactif que ne l'est le trépas,
Car, dans la main de Dieu, la mort même est féconde.

Séduit par cette erreur
Qu'un éternel repos est le conservateur
De tout ce qui naquit de la bonté profonde,
L'homme aussi crut devoir, pour conserver ce monde,
L'environner de la torpeur;
Et c'en fut fait de son bonheur.

Créé pour gagner libre,
Par la perfection, plus de félicité,
L'homme fut s'accroupir dans l'immobilité,
Et là, tel qu'un brouillard privé de la clarté,
Il devint une immensité.
Et dès lors fut rompu, parmi l'Humanité,
Le raréfiant équilibre
Qu'y maintenait la liberté!

Et la terre en humains se trouva trop féconde;
Et l'homme, en son erreur, chaque jour s'égarant,

Ne vit plus dans son frère, au grand banquet du monde,
Qu'un redoutable concurrent,
De qui pour te sauver, ta démence profonde,
Malheureux fils du ciel, inventa le tyran.

Et tout ce qui vivait, forcé par ta démence,
Pour conserver ses jours, de suivre ton erreur,
Ne la suivit que trop, et de ce jour commence,
Au lieu des lois d'amour, la loi de la terreur.

Homme, la voix de la nature,
Par ses mille échos, te murmure :
Tout ce qui fut créé le fut pour le bonheur !
Or, pour toi seulement, comment l'as-tu suivie,
Cette loi du Seigneur ?
Est-ce donc en rendant impossible la vie
Aux bien-aimés du Créateur !

Image du Très-Haut, reflet de son génie,
N'es-tu pas de ton Dieu le coopérateur [1] ?
Eh bien, de ce bonheur que l'ignorance nie
Pouvoir régner partout, tu peux être l'auteur !

Convertis les tyrans, brise la tyrannie !
Sur les derniers faisceaux de la compression,
Anéantis l'autel de l'immolation !
Aime ainsi que Dieu t'aime, et soudain l'harmonie,
Entre tous les êtres divers,
Règne à jamais dans l'univers !

Et ne crains plus alors que vraiment, trop nombreuses,
Les nations du genre humain,
Sur un sol épuisé ne meurent langoureuses
Dans les angoisses de la faim...

[1] *Épître de saint Jacques.*

Car, seuls, les êtres misérables,
Les êtres affamés deviennent innombrables.

C'est le plus sûr moyen de conservation
Qu'ait jamais pu trouver la sagesse infinie ;
C'est envers l'Éternel et la création
Le plus saint des devoirs qu'ait à remplir la vie !
Gloire t'en soit rendue, ô Père créateur !
C'est l'arrêt du tyran, l'arrêt du destructeur,
C'est l'éternelle fin de tout dominateur !

Quant à vous, flots humains, qu'un beau soleil enlève
Hors du niveau tracé par un doigt protecteur,
Ou que par trop pressés la tempête soulève,
Inclinez-vous ! car le Seigneur
Vous limite par le bonheur !

Hommes, le Dieu de la nature
Est le Dieu de la vie et de la liberté !
Heureux qui, sous ces lois, dans la simplicité
Marche toujours avec droiture !
Mais malheur au servile, à l'avare, au parjure ;
Malheur au peuple hostile à la Fraternité ;
Car il sera demain, et pour l'éternité,
Comme s'il n'était pas ou n'ait jamais été !

Bénissez le Seigneur suprême,
Et, d'échos en échos, infini, dis de même.

SOPHONIE.

Là, des célestes chœurs, se tut l'hymne pieux.
Et, des pleurs dans les yeux,
Toutes les nations, qui vivent sur la terre,
Se demandaient pourquoi veut mourir solitaire,

Au seuil de l'avenir,
Cette brillante sœur aux mamelles fécondes,
Qui du lait de l'esprit nourrissait les deux mondes,
Et remplit le passé de son grand souvenir.
L'astre des jours futurs n'est-il déjà qu'une ombre,
Et son divin foyer que la nuit la plus sombre?

AMOS.

Ce n'est plus qu'un tombeau,
Où d'innombrables vers achèvent le lambeau
De ce qui fut sa gloire!
Ne la maudissez pas, et pleurez sa mémoire!

SAMUEL.

Non! elle a trop aimé
Pour que Dieu l'abandonne,
Et jamais n'est fermé
Au livre paternel le feuillet qui pardonne!
Oh! oui, Fille des cieux, tu te relèveras!
Reine des nations, tu te rappelleras
Que l'empire du monde est de droit aux plus braves,
Et, d'un repos menteur secouant les entraves,
Tu guideras encor vers la félicité
La terre accoutumée à suivre ta clarté!
Hélas! où sont les jours que, marchant la première,
Tu brandissais si haut le flambeau de lumière!...
Ah! comme les tyrans ont énervé ce bras
Qu'ils redoutaient si fort pour les derniers combats!
Comme leur flatterie
A glissé de poison dans ta fierté tarie!...
Il est temps, lève-toi! ce serait le trépas!
Mais le divin flambeau, crois-moi, n'en mourrait pas;

Il traverserait l'Atlantique,
Là grandit chaque jour un grand rameau celtique,
Dont l'ombre abritera les siècles à venir,
Si jamais, ô mon Dieu, tu te laisses finir !

Sur ces plages longtemps à l'Europe inconnues,
Comme il s'est élevé, radieux, dans les nues,
Cet immortel drapeau, fléau du léopard ;
A tes triples couleurs salut, noble étendard !
Salut terre sacrée,
Première station, où chez l'humanité
Posa la Liberté,
A son retour de l'Empyrée !...
Puisse demain ta gloire inonder l'univers,
Et tes libres vaisseaux couvrir toutes les mers !

Et toi, qu'à tes destins délaisse trop, peut-être,
Celle que ta valeur fut délivrer d'un maître ;
Ton bonheur, après Dieu, ne l'attends que de toi.
Puissante, on te flattait, on craignait ton empire,
Maintenant l'on conspire ;
Dans l'astre qui pâlit l'univers n'a plus foi.

Prends garde, l'horizon recèle la tempête ;
Crains le calme factice où sommeille ta tête !...
Jamais les doux zéphirs ne sont plus embaumés
Que la veille du jour où la trombe et l'orage
Porteront le ravage
Dans le travail de l'homme et les cieux enflammés !

Et toi, sois-en béni, mon Dieu, de ce tonnerre
Qui vient, de temps en temps, rappeler à la terre
Qu'il n'est pas de beau jour qui ne soit acheté ;
Non, la terre n'est point pour l'homme un lit de rose !

C'est dans le sol qu'arrose
Péniblement l'honneur que vient la Liberté !

Oui, quels que soient les jours que le ciel lui réserve,
L'homme aura des labeurs de peur qu'il ne s'énerve ;
L'esprit inoccupé n'a que de vils penchants ;
Sans la main qui l'agite et sa marche sacrée
Que serait l'empyrée,
Que serait la vertu, s'il n'était des méchants ?

La paix, oh ! oui, la paix... fille des cieux chérie !
Que béni soit le bras, qui retient sa patrie
Sans raison entraînée à d'injustes combats !
Honneur, cent fois honneur à sa haute sagesse ;
Mais, qu'il pense sans cesse
Qu'il n'est point de loisir qui ne coûte, ici-bas.

Les merveilles des arts, les pompes du langage,
Sont de faibles abris contre le moindre orage.
Parce qu'on le voudrait on n'a pas de repos ;
Comme le reste, il est le prix d'un sacrifice,
Et non de l'artifice.
La paix n'habite point sous de lâches drapeaux !

Hôte d'un peuple fort, elle en a le génie !
Toujours prête à s'armer contre la tyrannie,
Elle ne peut s'asseoir que sur des fers brisés.
Sa compagne est la force, autre céleste amie,
Comme elle l'ennemie
Des peuples par le joug et le luxe épuisés.

Alors de ta puissance
Pourquoi donc t'exiler ?
Pourquoi tant reculer,
Soleil qui fus la France,

Devant l'obscure nuit, qui, s'avançant toujours,
Menace d'entamer le disque de tes jours?
Ta gloire d'autrefois t'a donc bien fatiguée?...
Faut-il, pour t'émouvoir, que la terre liguée
Vienne faire l'essai de tes nouveaux remparts?
Eh bien, qu'ils viennent tous ! Mets sur tes étendards,
Non plus un vil oiseau, mais ta brillante image;
Et, soudain, le monde enchanté,
Le monde, à tes genoux, célébrant ta beauté,
A forcé les tyrans de t'offrir leur hommage !

O jour des nations, quand te lèveras-tu ?
Heureux qui te verront... heureux qui, dans ces fêtes
Oubliant jusqu'au nom des anciennes tempêtes,
Pourra s'écrier : J'ai vécu !

Venez donc, venez rois du monde,
La France impatiente a soif de vous punir !
Eh quoi ! vous si pressés, vous n'osez plus venir !
Quel jour donc a choisi votre haine profonde,
Pour l'immoler, pour en finir ?

Peut-être attendez-vous que la longue souffrance
Dont vos stipendiés ont abreuvé la France,
Ait achevé, sans vous, de la faire mourir?

Soyez trompés !... vibre sonore
Signal des réparations;
A nous les opprimés ! Peuples, hâtez l'aurore
Du jour promis aux nations !
Mais qui s'oppose encore
A ce plus grand des jours ?
Albion ! quoi c'est toi... toujours toi... toi toujours !

Eh quoi donc, contre nous, voudrais-tu voir, impie,
Recommencer la lutte où le monde arrêté

A failli s'engloutir avec la liberté ?
Eh ! cette longue erreur, qui plus que toi l'expie ?
Reine des flots, Gaule des mers,
Ta haine fut un parricide
Dont ton sol épuisé porte les fruits amers ;
Mais aujourd'hui que naît un nouvel univers,
Elle serait un suicide !

Reine de l'Océan, le jour te vint de nous,
Le sang qui coule en toi circule dans nos veines ;
Fille de notre mère... ah ! que ce temps fut doux !
Nous te voyons encor jouant sur ses genoux,
Et nous nous perdrions en préséances vaines !
France des mers, reine des flots,
Assez de guerres, de complots,
Ont affligé la terre ;
Trop jalouse Angleterre,
Le jour des tyrans va passer
Et celui du bonheur demande à commencer.
C'est le moment, à nous le monde,
Non pour le ravager,
Mais pour le protéger,
Mais pour rendre la terre enfin libre et féconde !

Guerriers fameux dans les hasards,
Maîtres de la lyre et des arts,
Gallois de Londres et d'Armorique,
Anglo-Normands de Washington,
Héros de France et d'Amérique,
Illustres fils de sang breton,
Race de nobles cœurs qui n'eut pas de seconde,
Aînés du genre humain et de la liberté,
Inaugurez l'Egalité,
Et régnez, à ce prix, sur la terre et sur l'onde !

A vous le présent, l'avenir !
A vous la céleste lumière,
A vous d'arborer sa bannière,
A vous l'honneur de la tenir !

Levez-vous, accourez, nations de la terre ;
De vos libérateurs voici les pavillons !...
Qu'ils sont beaux les guerriers deFrance et d'Angleterre
Quand un même étendard couvre leurs bataillons !

Les voilà ces rivaux l'un pour l'autre invincibles,
Dont les formidables combats
Troublèrent, si longtemps, de leurs foudres terribles
Les échos d'ici-bas !

Egaux par le génie, égaux par la vaillance,
L'honneur du premier rang les rendit ennemis ;
Mais pour sauver le monde, ils ont fait alliance,
Et le monde n'est plus qu'un grand peuple d'amis !

Allez, nobles soldats, où l'honneur vous appelle !...
Quoi ! vous doutez encor s'il est temps de s'unir ?
Hélas ! qu'attendez-vous ?... c'est l'heure solennelle,
C'est le dernier combat, c'est tout votre avenir !

Allons, amis, prenez les armes ;
Serrez vos rangs ; ô bataillons !
Il s'agit pour vous d'être !... Ecoutez mes alarmes.
J'entends le bruit des chars, le pas des légions ;
Les voici plus nombreux que l'épi des sillons.

. . . .

C'en est fait, l'Occident succombe ;
Levoilà pour longtemps veuf de la Liberté !
Le voilà pour toujours, peut-être, rejeté
Dans l'ordre de la tombe !

Oh ! gémis ; oui, pleure à présent,
Et que le joug te soit pesant,
Misérable folliculaire
Qui vendis tes concitoyens !
Dans ton juste mépris, dans ta digne colère,
Etranger qu'il aida, charge-le de liens !

Au souvenir de ta patrie,
Brise dans l'âme et dans le corps
Celui dont la droite flétrie
Livra son pays pour de l'or !

Qu'il meure dans l'opprobre, et qu'à l'heure suprême
Il puisse entendre, il puisse voir
Ceux qu'il vendit, et ceux qu'il aime,
Lui reprocher leur désespoir.

Mais où traînez-vous, si plaintives,
De nos braves guerriers, les amantes, les sœurs ?
Ah ! de grâce laissez vos charmantes captives,
Pleurer sur le tombeau de nos chers défenseurs !

Mon cœur succombe, ô Jérémie!
Harmonieux écho des malheurs de Sion,
Succède à ma douleur, et que ta voix amie
Adresse nos adieux à la triste Albion.

JÉRÉMIE [1].

Quoi ! le voilà désert cet illustre rivage,
Où le monde étonné se pressait infini !...

[1] Jérémie, le plus éloquent des prophètes juifs, était de famille sacerdotale. Ses compatriotes, qu'il avait suivis en exil, et dont il reprenait les excès, le tuèrent en Égypte, l'an du monde 590 avant l'ère chrétienne.

Qu'ils étaient grands ces ports où le héron sauvage
Dans le palais des rois maintenant fait son nid !

Quoi ! voilà les débris de cette île orgueilleuse,
Où se vendit au poids le sang des nations !...
La nuit seule en remplit la rive périlleuse
Dont mes pas ont banni les derniers alcyons.

Et cela quand partout le monde a double aurore,
Quand la terre n'est plus qu'un heureux champ de fleurs,
Où règne la tendresse, et surtout on ignore,
Dans la Fraternité, les tyrans et les pleurs !

Et pourtant dans quels lieux la divine sagesse
Se vit-elle jamais élever plus d'autels ?
Sur quels bords s'entassa jamais plus de richesse ?
De quel luth s'échappa tant de chants immortels ?

Où jamais la candeur fut-elle plus jolie ?
Quelle femme autre part fut mère d'un Newton ?
Quelle harpe des cieux, luttant de mélodie,
Vibra jamais si haut que celle d'un Milton ?

Quelle gloire infidèle oublia ce rivage ?
Grandeur, fortune, amours, et le sceptre des mers...
Il eut tout... et de plus, vainqueur de l'esclavage,
Mieux que Rome il pouvait posséder l'univers !

Et ceux qui l'habitaient ont disparu du monde !
Quelle erreur les bannit du séjour des vivants ?
A qui le demander, s'il n'est rien qui réponde
Où vécut Albion, que le souffle des vents ?

Mais si leur long essaim glisse dans la nuit sombre
Sans jeter un seul mot à mon anxiété,

J'entends Dieu qui me dit : Passera comme une ombre
Tout peuple qui niera la sainte Egalité !

Et toi dont un moment je contemplai les charmes,
Pour te dire un adieu, reine des nations,
A mes derniers accords qui prêtera des larmes?
Quel désespoir rendra mes désolations?

Connaissiez-vous ses tours, ses palais, ses portiques?
Univers, qui la pleure, as-tu vu ses remparts?
Vis-tu ses Parthénons, ses hautes basiliques,
Promener dans les cieux ses brillants étendards?
Pour dire la beauté, l'écho disait Lutèce;
Pour la quitter, le soir, le jour, irrésolu,
    Ne s'en allait qu'avec tristesse...
        Et tu n'as pas voulu[1] !

Volcan de liberté, cratère de génie,
Aux feux toujours ardents, aux flancs toujours ouverts
Foyer d'où la pensée, en laves d'harmonie,
S'épanchait sans tarir sur ce vaste univers...
Tu n'es plus qu'un sommeil où passe avec vitesse
L'hirondelle qui fuit ton silence absolu...
    Douleur! douleur! ô ma Lutèce!
        Et tu n'as pas voulu!

Oh! qui ne t'admirait, qui ne te trouvait belle,
Lorsqu'aux premiers rayons du soleil du matin,
T'échappant, comme lui, de ta couche immortelle,
Tu nous semblais à tous l'étoile du destin!
Alors mille splendeurs t'appelaient leur hôtesse!
Le temple qu'ici-bas la gloire avait élu!

[1] *Et noluisti!...* et tu n'as pas voulu!... (*Jésus-Christ pleurant sur Jérusalem.*)

En un seul mot... c'était Lutèce!
Et tu n'as pas voulu!

D'un geste de ta main, d'un sourire à la terre,
L'univers consolé recroyait au bonheur.
Que lui répondras-tu, charmante solitaire,
Quand un jour il viendra visiter ton malheur?
Comment renouveler l'aveu de ta faiblesse?
Mais pourquoi? Dans tes pleurs il n'aura que trop lu
Que tu serais encore Lutèce
Si tu l'avais voulu!

Adieu, noble splendeur dont s'enivrait la terre!
Dans le ciel de la gloire astre éteint pour toujours
Soleil mort pour avoir confié ta lumière
A des larves éclos de la nuit des vieux jours!
Et pourtant que de fois, trop vaine prophétesse,
Une voix t'avertit!... Mais, regret superflu,
Lorsqu'ainsi l'on meurt, ô Lutèce!
C'est qu'on l'a bien voulu[1]!

. . . .

. . . .

[1] Une dernière fois veuillez méditer ce qui suit : la population est absolument semblable à la vapeur qui produit d'autant plus qu'elle est plus comprimée. Il résulte de là que, de même qu'il a fallu des rois à l'humanité primitive, de même aussi il en faut à une société dans l'enfance, mais qu'un peuple viril ne peut plus vivre avec la monarchie, et la raison de ceci, la voilà : c'est que la première nécessité d'un peuple qui se forme est le nombre, et que le premier besoin d'une société qui a longtemps vécu avec les rois, est de restreindre ce nombre devenu infini par la misère qui suit inévitablement le régime monarchique, misère dont le sort est d'aller toujours croissante comme le joug, qui s'appesantit d'autant plus que les peuples ont le désir de le secouer; et tout ceci est complétement dans la nature; car, si l'instinct naturel de l'homme est la liberté et l'égalité, celui de la monarchie est tout ce qui s'en éloigne. Il n'est point de rois qui puissent vivre avec l'aristocratie de la nature; il leur en faut une

ISAIE.

Consolez-vous, mon peuple, une France nouvelle
S'élance de la nuit, brillante de clarté !
Sous les cieux rajeunis, maintenant qu'elle est belle
La fille de l'honneur et de la liberté !

Chantez, chantez, peuples du monde !
Tout l'univers renaît ; il n'est plus de douleurs !
Filles des mers, filles de l'onde,
Filles des nations, couronnez-vous de fleurs !

Un jour plus pur commence,
Premier jour du Seigneur,
Dont la seule espérance
S'appelait déjà le bonheur !
A sa brise embaumée,
Mille peuples nouveaux éclosent radieux ;
Telle on voit la nature au printemps ranimée,
Remplir de ses amours et la terre et les cieux !

Chantez, chantez, peuples du monde !
D'eux-mêmes les tyrans ont brisé tous les fers !

à leur guise, et de là viennent les majorats, les droits d'aînesse, les priviléges, les impôts de consommation, enfin tout ce qui produit la misère de presque tous au profit de quelques-uns, et, en dernier résultat, la population infinie, c'est-à-dire la *ruine universelle*.

Pesez ceci dans vos consciences, car c'est la vérité. Vous en aurez, au surplus, la preuve, si vous persistez dans la voie rétrograde où vous êtes engagés ; car voici, dans ce cas, ce qui vous arrivera. Tenez-le pour certain.

Dans cinq ans vous serez comme la Belgique ; dans dix ans comme l'Irlande, et dans quinze comme la Pologne, si tant est que vous existiez encore ; c'est-à-dire qu'après avoir été traités comme la Gallicie, vous serez encore 40 millions, dont 39 millions de pauvres. Vous verrez alors ce qu'il en coûte toujours à marcher contre la Providence !

Seigneur, que ta vue est profonde !
La verge qui frappait a sauvé l'univers !
Ah ! ne redoutez plus maintenant sous l'ombrage
De rencontrer jamais vos cruels ravisseurs !
Innocentes tribus, ne craignez plus l'outrage :
Ceux qui vous opprimaient seront vos défenseurs !

Je vois le temple de Solyme
Revenu libre à Jéhova,
Et l'Egalité qui ranime
Les sombres bords de la Néva !

L'Indien, l'Ottoman sont frères ;
La croix de l'Homme-Dieu dore tous les sommets,
Et Sion de ses pleurs, Rome de ses misères,
Ont fini pour jamais !...

Oh ! qu'ainsi sont belles tes tentes
Et nombreux, ô Jacob, tes nouveaux pavillons !
Les étoiles des cieux sont moins étincelantes,
Et moins pressés les rangs des constellations !

Chantez la France, échos du monde !
Chantez l'avénement de la Fraternité !
Filles des mers, filles de l'onde,
Filles des nations, chantez l'Egalité !

Et toi, par dessus tous les mondes de l'espace,
Tu peux te dire glorieux ;
Tu peux bondir plus fier, monde mystérieux,
Qui vis ton Seigneur face à face ;
Palais sacré du genre humain,
Terre où Dieu mit son cœur, terre où Dieu mit sa main,
Il n'est pas de ciel qui t'efface,
Il n'est plus de trépas qui barre ton chemin !

Et qu'importe, au surplus, que la même sagesse
Qui te créa de son amour
Te laisse à tout jamais vivre dans la jeunesse
Ou termine ta course un jour?
Certaine de rentrer au sein de la lumière
D'où tu t'échappas dans le temps,
Tu n'en auras pas moins, ô terre,
Que des jours éclatants!
Lorsqu'on va retrouver un père,
N'est-ce pas toujours le printemps?

Un jour... mais, mon âme embrasée,
Silence devant le Seigneur!
Cieux, envoyez votre rosée,
Et que la terre enfante le bonheur!

FIN.

www.ingramcontent.com/pod-product-compliance
Ingram Content Group UK Ltd.
Pitfield, Milton Keynes, MK11 3LW, UK
UKHW020354230726
13925UKWH00003B/1123

9 782019 274917